CONTES TRADITIONNELS
DE BRETAGNE

François-Marie Luzel

CONTES TRADITIONNELS DE BRETAGNE

Tome 2

An Here • Hor Yezh
Mouladurioù Hor Yezh
1994

Dans la même collection :

Contes traditionnels de Bretagne de François-Marie Luzel

– Tome 1

– Tome 3

Illustration de couverture : Dodik

Maquette de couverture : Alan Dipode

ISBN 2-910699-00-5

En hommage à Joseph Ollivier

Le lecteur trouvera dans le Livre 1 une introduction générale sur les contes recueillis par François-Marie Luzel et sur le remarquable travail de retranscription réalisé par Joseph Ollivier.

GWAZIG
QUI ALLA AU PARADIS TERRESTRE
ET QUI TROMPA LA MORT
PENDANT CINQ CENTS ANS

Selaouit holl, mar hoc'h eus c'hoant,
Hag e klevfet ur gaozig koant,
Ha na eus enni netra gaou,
Mes, marteze, ur ger pe zaou
Écoutez tous, si vous voulez,
Et vous entendrez un joli petit conte,
Dans lequel il n'y a pas de mensonge,
Si ce n'est, peut-être, un mot ou deux.

Il y avait une fois un jeune homme appelé Gwazig. Comme il se déplaisait chez son père, petit fermier breton, qui le faisait travailler avec lui aux champs, il voulut voyager, à la recherche de belles princesses qui ont leur séjour au Paradis Terrestre, et dont il avait entendu parler, maintes fois, dans les contes de veillées d'hiver, au coin du feu.

Il partit donc, un beau matin, la bourse légère, mais plein de confiance dans l'avenir.

Après plusieurs jours de marche, sans aventures notables, comme il passait par un grand bois, il rencontra une vieille femme, courbée par l'âge, et qui avait des dents longues comme mes doigts. Elle filait une quenouille de lin.

— Bonjour, grand-mère, lui dit-il, en l'abordant.

— Bonjour, mon enfant, répondit-elle. Où vas-tu ainsi ?

— Je vais, grand-mère, à la recherche des belles princesses qui font leur séjour au Paradis Terrestre.

— C'est bien loin d'ici, mon enfant ; mais connais-tu la route pour y aller ?

— Non, grand-mère. Est-ce que vous pouvez me l'enseigner ?

— Oui, je connais la route qui mène au Paradis Terrestre, et, comme tu es un gentil garçon, je veux te venir en aide, car autrement tu n'y arriverais jamais. Tiens, prends cette baguette blanche qui te conduira chez ma sœur qui est plus vieille et plus savante que moi. Elle habite une petite maison de branchages et d'argile, dans un autre bois, à cent lieues d'ici, et, en voyant ma baguette blanche, elle saura que tu es envoyé par moi et te dira comment tu pourras aller au Paradis Terrestre et la manière dont tu devras te comporter pour voir les Princesses.

Gwazig prit la baguette blanche que lui tendait la vieille et se remit en route, conduit par elle qui filait devant lui.

Après une marche longue et pénible, il arriva à la demeure de la seconde vieille. Elle filait aussi sa quenouille, au seuil de son habitation, aussi misérable que celle de sa sœur, au pied d'un vieux chêne creux. Gwazig l'aborda, son chapeau à la main, et la salua respectueusement, en disant :

— Bonjour, grand-mère.

— Bonjour, mon enfant, répondit-elle. Je vois, à ta baguette blanche, que tu viens de la part de ma sœur cadette. Dis-moi ce que je puis faire pour toi.

— Je voudrais, grand-mère, aller au Paradis Terrestre pour voir les quatre princesses filles de roi qui y font leur séjour et dont j'ai souvent entendu parler chez mon père. Mais je ne connais pas le chemin pour y aller, et votre sœur m'a dit que vous pouvez me l'apprendre et m'aider de vos conseils.

— Oui, mon enfant, je te dirai où tu pourras voir les princesses et comment tu devras t'y prendre pour aller avec elles au Paradis Terrestre. Il y a dans le bois un étang où elles viennent, tous les jours, se baigner, à midi. Demain, un peu avant l'heure, tu te rendras au bord de cet étang et te cacheras bien derrière un buisson de laurier que tu y verras. À midi juste, les quatre princesses descendront du ciel, sur leurs ailes blanches. Dès qu'elles auront touché la terre, elles déposeront leurs ailes et leurs vêtements et se mettront à l'eau, toutes nues. Tu sortiras alors de ta cachette et te saisiras, bien vite, des ailes et des vêtements de la plus jeune. Ce sera la dernière à entrer dans l'eau. Elles sont bien jolies toutes les quatre, mais celle-ci l'est plus que les autres, comme tu le verras bien. Prends bien garde de te trahir, par quelque exclamation, avant qu'elles soient toutes dans l'eau, car elles s'envoleraient aussitôt, et tu ne les reverrais plus. Dès qu'elles t'apercevront, elles sortiront de l'eau en poussant des cris d'alarme, reprendront leurs ailes et leurs vêtements à la hâte, et s'envoleront en l'air. Mais la plus jeune, qui ne retrouvera ni ses ailes, ni ses vêtements, appellera à son secours les trois autres qui déjà auront pris leur vol. Elles redescendront sur la terre, crieront, prieront, menaceront, pour avoir les ailes et les vêtements de leur sœur ; mais, sois insensible aux prières et aux menaces, et ne les rends que si elles te promettent de te porter, sur leurs ailes, au Paradis Terrestre. Elles finiront par y consentir. Tu monteras alors sur le dos de la plus jeune, et elle te portera au Paradis Terrestre. Si tu suis exactement mes instructions, tu réussiras ; si tu y manques, sur quelque point, tu n'arriveras jamais au but de ton voyage.

Gwazig remercia la vieille et lui promit de suivre de point en point ses instructions.

Le lendemain il se rendit donc au bord de l'étang, un peu avant midi, et se cacha derrière le buisson de laurier dont lui avait parlé la vieille. À midi, le ciel s'obscurcit tout à coup ; il leva les yeux en l'air et vit venir quatre oiseaux énormes qui vinrent s'abattre au bord de l'étang, près de lui. Mais, dès qu'ils eurent touché la terre, de chaque enveloppe d'oiseau sortit une femme nue, d'une beauté éblouissante, déposant sur le rivage son vêtement emplumé. Elles se jetèrent immédiatement à l'eau et se mirent à nager et à folâtrer. Gwazig sortit alors précipitamment de sa cachette et s'empara des vêtements de la plus jeune qu'il avait bien remarquée et qui avait failli lui faire trahir sa présence, par une exclamation, tant elle était belle. À sa vue, les princesses sortirent de l'eau, en poussant des cris, et coururent à leurs vêtements emplumés. Seule, la plus jeune ne retrouva pas les siens à l'endroit où elle les avait déposés. Les voyant aux mains de Gwazig, elle appela ses sœurs à son aide, et toutes les quatre entourèrent le jeune homme, le priant, le pressant, le menaçant. Mais il tint bon et ne livra les vêtements emplumés que lorsqu'il eut la promesse formelle que les princesses le porteraient, sur leurs ailes, au Paradis Terrestre. Il monta sur le dos de la plus jeune et s'éleva avec elle en l'air.

*

* *

Gwazig se trouvait bien au Paradis Terrestre avec les quatre Princesses. Il s'y trouvait si bien qu'au bout de cinq cents ans de séjour, il croyait n'y être que depuis cinq ans. Il voulut, pourtant, un jour, retourner à son pays, revoir son père et sa mère qui devaient être inquiets à son sujet, et le croyaient, sans doute, mort, car, depuis son départ de la maison, il n'avait pas pu leur donner de ses nouvelles. Les princesses le ramenèrent sur la terre, après lui avoir fait promettre de leur revenir, sans tarder.

Quand il arriva au pays, il y trouva des changements qui l'étonnèrent. Il n'y connaissait plus personne, et personne ne l'y connaissait, ni n'avait même entendu parler de lui, ni de son père, ni de sa mère. À la place où était autrefois leur maison, il y avait, à présent, un grand chêne de plus de quatre cents ans. Voyant cela, il pensa que ce qu'il avait de mieux à faire c'était de retourner au Paradis Terrestre. Il se mit donc en route pour se rendre à l'étang où les princesses venaient toujours se baigner.

Cependant, comme son heure était sonnée, depuis longtemps, l'Ankou le cherchait partout, et, comme il ne le trouvait pas, il en était fort contrarié. Il avait un compte à rendre à son Maître de tout ce qui vit sur la terre, et devait lui ramener chaque âme, à l'heure marquée.

Un soir, comme Gwazig approchait du bois où se trouvait l'étang des princesses, il fit une fâcheuse rencontre. C'était une charrette embourbée dans une ornière. Le conducteur, un vieillard à barbe blanche armé d'une faux, faisait de vains efforts pour l'en dégager. Il appela à son secours Gwazig, qui passait. Gwazig accourut, et la charrette fut sortie de l'ornière. Elle était chargée de la défroque des gens de tout âge et de toute condition. C'était la dépouille de ceux que l'Ankou car ce vieillard était l'Ankou — avait fauchés, ce jour-là, dans le pays, et la moisson avait été bonne.

— Comment te nommes-tu aussi ? demanda le vieillard à Gwazig, en le regardant d'un air soupçonneux.

— Je me nomme Gwazig, grand-père, pour vous servir.

— Gwazig !... À merveille, mon ami ! Voici bien cinq cents ans, ou peu s'en faut, que je te cherche !...

Cinq cents ans !... À ces mots Gwazig vit clairement à qui il avait affaire, et il supplia l'Ankou de l'épargner, en reconnaissance du service qu'il venait de lui rendre.

— Tu as, depuis longtemps, dépassé la limite des jours qui t'étaient accordés, répondit l'inflexible vieillard. Je suis celui que ni les prières ni les menaces ne fléchissent, qui frappe sans distinction le riche et le puissant, comme le pauvre et le misérable, quand leur heure a sonné ; je suis le Juste par excellence.

Et, d'un coup de sa grande faux, il trancha la tête de Gwazig, jeta sa défroque dans sa charrette, avec les autres, et continua sa course éternelle à travers le monde, semant partout sur son passage le deuil et la désolation, mais toujours juste, pourtant.

Conté par Anne Trutto,
Pederneg, 1888

LE GÉANT GOULAFFRE

Il y avait une fois une pauvre femme, restée veuve avec un fils. Tous les jours, la mère et son fils allaient mendier de porte en porte, dans les fermes et les manoirs, recueillant par ici un morceau de pain d'orge, plus loin une crêpe de sarrasin, ailleurs, quelques pommes de terre ; et ils vivaient ainsi de la charité des bonnes âmes. L'enfant s'appelait Alanig, et sa mère Godig ou Marguerite.

Quand Alanig eut atteint l'âge de quatorze ou quinze ans, comme il était vigoureux et bien portant, et que néanmoins il continuait de mendier avec sa mère, souvent les paysans disaient à celle-ci :

— Il est grand temps, Marguerite, que ce gaillard-là travaille aussi pour gagner son pain ; vous l'avez nourri assez longtemps à rien faire ; à son tour à présent de vous aider aussi. Voyez donc comme il est fort et bien portant ! N'as-tu pas honte, fainéant, de rester ainsi à la charge de ta vieille mère ?

Tous les jours, c'étaient de semblables réprimandes, et tous les jours aussi ils rentraient, le soir, avec leur besace plus légère. Ce que voyant Alanig, il dit à sa mère :

— Je veux aller en France, mère, pour essayer de gagner ma vie, et vous secourir à mon tour.

Godig éprouve du chagrin de la résolution de son fils ; mais elle comprit pourtant qu'elle ne pouvait le retenir toujours, et ne s'opposa pas à son départ.

Alanig partit donc, par un beau matin de printemps, emportant, au bout d'un bâton, un pain de seigle, avec six crêpes, et tout fier d'avoir dans sa poche six réaux, que lui avait donnés sa mère. Il allait à l'aventure, à la grâce de Dieu. Vers midi, il remarqua sur le bord de la route qu'il suivait, une fontaine à l'eau fraîche et limpide et ombragée par un bouquet d'arbres. Il s'y arrêta pour se reposer un peu, manger un morceau de pain, avec une crêpe, puis, poursuivre son chemin. Pendant qu'il était tout à son frugal repas, assis à l'ombre, un autre voyageur qui ne paraissait guère plus riche que lui, s'approche aussi de la fontaine pour se désaltérer. Alanig lui offrit une crêpe ; ils entrèrent en conversation et furent bien vite amis.

— Où allez-vous ainsi, camarade ? lui dit Alanig.

— Ma foi, je vais devant moi, et je n'en sais pas plus long. Et vous ?

— Moi, je vais en France, pour chercher à gagner ma vie.

— Eh bien ! voyageons de compagnie, si vous le voulez bien.

— Je ne demande pas mieux. Quel métier exercez-vous ?

— Moi, je suis danseur, et mon nom est Fistilou.

— À merveille, car moi, je suis musicien, et je me nomme Alanig.

— Mais de quel instrument jouez-vous donc ? car je ne vous en vois aucun.

— Oh ! mon instrument à moi ne coûte pas cher, et j'en trouverai à discrétion ; tenez, voilà un champ qui en est tout plein. Autant de pailles, deux ou trois fois autant d'instruments.

— Comment cela ? Vous plaisantez sans doute ?

— Je ne plaisante pas, et je vais vous le prouver à l'instant.

Et sautant par-dessus la clôture dans un champ de seigle qui était tout auprès, Alanig y coupa avec son couteau une tige de seigle, et, en un instant, il en eut fabriqué un chalumeau, semblable à ceux qu'on voit aux petits pâtres, au printemps ; et il se mit à jouer avec une adresse et une dextérité peu communes. Fistilou, en l'entendant, se mit à danser, à gambader et à jeter son chapeau en l'air, en criant : iou ! iou ! hou ! hou ! comme les Cornouaillais. Et les voilà les meilleurs amis du monde, et de poursuivre leur chemin, en causant, en riant et rêvant d'abondantes recettes.

Vers le soir, ils arrivèrent dans une ville dont je n'ai pas retenu le nom. Ils se trouvèrent bientôt sur une place, entourée de maisons de tous les côtés, et où il y avait beaucoup de promeneurs. Alanig se mit à jouer de son chalumeau de paille, Fistilou, à danser, à gambader et à jeter son chapeau en l'air, en criant : iou ! iou ! hou ! hou ! Et l'on accourait de tous côtés, l'on se foulait, l'on se pressait pour les voir. Jamais les habitants de cette ville n'avaient ouï pareille musique, ni vu semblable danse. Les pièces de deux sols et même de deux réaux pleuvaient autour d'eux, et ils firent une magnifique recette, cinq ou six écus, au moins. Le lendemain ils recommencèrent, et la recette fut excellente encore. Ils ne se possédaient pas de joie.

Mais Fistilou eut alors une malheureuse idée. Il pensa que, puisqu'ils gagnaient tant d'argent avec un simple chalumeau de paille, s'ils avaient un violon, ils en gagneraient dix fois plus. On acheta donc un violon, et Alanig se mit à en racler de manière à écorcher les oreilles les moins délicates. N'importe ! ils trouvaient que c'était charmant, et ils s'en promettaient merveilles. Ils allèrent alors dans une autre ville pour expérimenter leur nouvelle méthode. Dès en arrivant, ils se mirent à jouer et à danser sur une place publique. Mais ils furent bien étonnés de voir que les habitants de cette ville, loin d'accourir à eux, fuyaient en courant et en se bouchant les oreilles ; et au lieu de pièces de deux sols et de deux réaux, ils ne reçurent, cette fois, que des injures et des pierres ; si bien qu'il leur fallut quitter la ville au plus vite.

— Décidément ces gens-là n'aiment pas la belle musique ! se disaient-ils quand ils furent à l'abri des pierres. Il faudra revenir aux chalumeaux de paille.

Alanig coupa un chalumeau dans le premier champ de seigle qu'ils rencontrèrent, et ils continuèrent leur chemin, mais moins joyeux que la veille, car déjà ils n'avaient plus le sou.

Ils se trouvèrent bientôt devant un château ceint de hautes murailles.

— Il faut essayer encore ici l'effet de notre musique et de notre danse, se dirent-ils.

Mais ils étaient bien embarrassés de savoir comment rentrer. Ils voyaient bien une porte, avec un marteau ; mais ce marteau était si haut placé, qu'ils n'y pouvaient atteindre.

— Mets-toi contre la porte, dit Fistilou à Alanig, je monterai sur tes épaules et de la sorte j'atteindrai le marteau.

Ils firent ainsi. La porte s'ouvrit aussitôt et ils entrèrent dans un jardin où ils virent deux belles demoiselles qui se promenaient. C'étaient les filles du géant Goulaffre, qui demeurait dans ce château. Alanig se mit à jouer de son chalumeau de paille, Fistilou à danser et à gambader, et les deux demoiselles accoururent pour les regarder. Elles ne sortaient jamais de leur jardin ; aussi n'avaient-elles jamais vu rien de semblable, et elles s'amusaient fort de la musique de l'un et des gambades et des cris de l'autre. Leur mère, une géante de dix pieds de haut, arriva aussi, et elles la prièrent instamment de garder ces deux hommes dans le château, pour les amuser, puisqu'elles ne sortaient jamais.

— Mais votre père, mes enfants, vous n'y songez donc point ?

— Ils sont si amusants et si gentils, que notre père s'en amusera comme nous, et les laissera vivre.

— Je n'en suis pas bien certaine ; mais qu'ils restent, quand même, puisqu'ils vous amusent.

Et voilà les deux jeunes géantes bien heureuses.

L'heure du souper venue, on sonne une cloche, et le géant arrive. On avait caché nos deux amis dans un grand bahut ; mais le géant, en entrant dans la salle à manger, s'écria aussitôt :

— Je sens l'odeur de chrétien, et je veux le manger !

— Je voudrais bien voir ça, par exemple, répondit sa femme ; manger mes deux neveux qui sont venus me voir, deux garçons si charmants et qui amusent tant nos filles, par leurs talents, et vous amuseront vous-même !

— Faites venir vos neveux, que je les voie, ma femme.

On fit sortir nos deux compagnons du bahut, tremblants et mourants de frayeur.

— Ils sont bien petits, vos neveux, ma femme ! Et que savent-ils faire ?

— Danser et faire de la musique à ravir.

— C'est bien ; mais soupons d'abord, car j'ai grand-faim, puis, nous verrons.

Et ils se mirent à table. On servit d'abord de la soupe dans un tonneau défoncé. Puis, on apporta sur un plat, un chrétien rôti. Le géant Goulaffre le découpa, garda pour lui la plus grande part, ensuite la géante partagea ce qu'il en restait entre elle et ses deux filles. Elle donna aussi un pied à chacun des deux étrangers. Ceux-ci étaient tout tristes, se regardaient avec de grands yeux et ne mangeaient pas.

— Eh bien ! vous ne mangez donc pas, les petits ? leur dit le géant.

— Nous n'avons pas faim, Seigneur.

— C'est cependant bien bon !...

Et prenant les deux pieds qu'ils avaient sur leurs plats, il les avala en une bouchée.

Quand le repas fut fini :

— Voyons maintenant vos talents, mes enfants, et tâchez de me divertir un peu.

Et Alanig se mit à jouer de son chalumeau de paille et Fistilou à danser, à gambader et à jeter son chapeau en l'air en criant : iou ! iou ! hou ! hou ! Le géant riait à gorge déployée et s'en amusait beaucoup, et sa femme et ses deux filles aussi.

— Je suis content de vous, leur dit Goulaffre, au bout d'une heure de cet exercice ; allez dormir à présent avec mes filles et demain je verrai ce que je ferai de vous.

La géante les conduisit alors à leur chambre, donna des bonnets rouges à Alanig et à Fistilou, pour mettre sur leur tête, des bonnets blancs à ses filles, puis, elle s'en alla.

Les deux jeunes géantes ne tardèrent pas à s'endormir et à ronfler, à faire trembler les vitraux de la chambre dans leurs châssis. Mais Alanig et Fistilou ne dormaient pas. Ils entendirent bientôt du bruit dans l'appartement au-dessous d'eux. C'était le géant et sa femme qui se querellaient. Alanig sauta hors de son lit, colla son oreille contre le plancher, et voici ce qu'il entendit :

— Je vous le dis, femme, je veux les manger, demain matin, à déjeuner.

— Attendez du moins quelques jours encore ; ils vous amuseront avec leur musique et leur danse. Et nos filles, ces pauvres enfants qui n'ont aucune distraction, vous avez vu comme elles étaient contentes et heureuses ; épargnez-les, pour elles.

— Il n'y a pas à dire, il faut que je les mange demain matin. Où est mon coutelas ?

Et un moment après on entendit les pas du géant sur les marches de l'escalier. Alanig courut alors à son lit, échangea son bonnet rouge contre le bonnet blanc de la jeune géante, qui dormait toujours, dit à Fistilou d'en faire autant, puis ils tournèrent leurs figures du côté du mur et feignirent de dormir profondément.

Goulaffre entra aussitôt dans la chambre, tenant d'une main une lanterne, et de l'autre, un grand coutelas. Il s'approcha du premier lit, trancha d'un seul coup la tête qui portait le bonnet rouge, courut au second lit, et en fit autant ; puis laissant les têtes rouler sur le plancher, il descendit, emportant les corps de ses deux filles sous son bras ; et il les jeta sur la table de la cuisine, sans les examiner.

Quand il revint dans sa chambre à coucher, il dit à sa femme :

— C'est fait ! Quel excellent déjeuner demain matin !

— Pourvu que vous ne vous soyez pas trompé dans votre précipitation ! lui dit la géante.

— Comment voulez-vous que je me sois trompé ? Je sais bien distinguer un bonnet rouge d'un bonnet blanc peut-être.

Puis ils s'endormirent tranquillement.

Quant à Alanig et Fistilou, aussitôt que le géant fut sorti de leur chambre, ils descendirent dans le jardin, à l'aide de leurs draps de lits, et se donnèrent de l'air !

Le lendemain matin, Goulaffre fit se lever sa femme de bonne heure, pour lui préparer son déjeuner. Mais quand celle-ci arriva dans la cuisine et qu'elle reconnut ses filles, elle se mit à pousser des cris à faire trembler le château. Goulaffre accourut, en l'entendant, et joignit ses cris et ses beuglements à ceux de sa femme. Il courut à la chambre de ses filles, croyant y trouver encore ses deux hôtes. Mais il n'y trouva qu'un papier sur lequel il y avait écrit (Fistilou savait lire et écrire un peu) :

«Fistilou et son ami Alanig remercient le géant Goulaffre pour l'hospitalité qu'il leur a accordée, et lui promettent de revenir le voir.»

Le géant, rugissant de colère, prit alors ses bottes de sept lieues et se mit à la poursuite des fugitifs. Ceux-ci étaient déjà loin du château ; mais Goulaffre les eut bientôt atteints. Voyant passer par-dessus leurs têtes une grande jambe, avec des bottes énormes, ils se dirent : “Voici le géant !” Et ils se cachèrent sous une grande pierre qui se trouvait près de là, et Goulaffre passa sans les voir. Quand ils le crurent loin, ils sortirent de leur cachette et poursuivirent aussi leur route. Vers le coucher du soleil, ils arrivèrent sur une grande lande parsemée d’énormes blocs de granit, isolés ou entassés les uns sur les autres. Parmi ces derniers, ils virent deux grandes bottes, puis, plus loin, au fond d’une grotte sombre, quelque chose de rouge et de brillant, et qui ressemblait à ces anciens carreaux de fenêtres qu’on nomme œils-de-bœuf. Ils s’approchèrent, sur la pointe des pieds, et ils reconnurent que c’était Goulaffre qui, fatigué de sa poursuite, (car les bottes de sept lieues fatiguent beaucoup), s’était arrêté là pour se reposer un peu. L’objet rouge et brillant qu’ils apercevaient au fond de la grotte, c’était son œil unique. Il dormait profondément. Ils restèrent quelques minutes à le considérer, puis Alanig dit :

— Si nous pouvions lui enlever ses bottes de sept lieues ! alors nous nous moquerions de lui.

— Oui, mais s’il se réveille ? répondit Fistilou.

— Il dort trop bien pour cela ; écoute, comme il ronfle ! Essayons pour voir.

Ils lui enlevèrent une de ses bottes, sans qu’il bougeât ; mais comme ils tiraient de toutes leurs forces, sur la seconde, le géant fit un mouvement, et ils se crurent perdus. Heureusement qu’il ne se réveilla pas, et ils purent la lui enlever aussi. Alanig mit alors les deux bottes, et il se disposait à partir, quand l’autre lui dit :

— Et moi ? vas-tu me laisser ici, à présent ?

— Monte sur mon dos, vite !

Et les voilà partis, l’un portant d’autre.

Quand Goulaffre se réveilla et qu’il vit qu’il n’avait plus ses bottes, il poussa des hurlements à effrayer les animaux à trois lieues à la ronde. Il lui fallut s'en retourner à son château sans bottes, et quand il y arriva, il avait les pieds tout en sang.

Cependant Alanig et Fistilou étaient arrivés à Paris. Ils allèrent frapper au palais du roi, pour demander du travail, et ils furent pris comme garçons d'écurie.

Le fils du roi aimait passionnément la chasse ; mais il paraît que c'était chez lui passion assez malheureuse et que sa carnassière était souvent vide au retour, si bien que Fistilou dit un jour devant ses camarades :

— Mon ami Alanig prendrait, en un seul jour, autant de gibier que le jeune prince dans toute une année.

Le propos fut rapporté au prince. Celui-ci fit appeler Alanig et l'emmena avec lui à la chasse dès le lendemain. Alanig n'oublia pas d'emporter ses bottes de sept lieues dans sa carnassière, car comme c'étaient des bottes fées, elles augmentaient ou diminuaient de volume à volonté. On lui donna un bon fusil, le premier qu'il eût jamais tenu entre ses mains, et le prince et lui se rendirent dans un grand bois où le gibier de toute nature abondait. Sous prétexte de faire les honneurs de la journée à son compagnon, Alanig le laissait tirer toutes les pièces, lièvres, chevreuils, renards, et, comme il était d'une maladresse rare, il manquait tout.

Vers midi, ils s'assirent sur la mousse, au pied d'un chêne, pour manger un morceau de pâté et boire un verre de vin. Alanig dit alors au prince :

— Reposez-vous un peu, mon prince, pendant que je vais pousser une petite pointe dans cette direction ; dans une heure, au plus, je reviendrai vous rejoindre.

— Allez, lui dit le prince, et soyez plus heureux que moi.

À quelques pas de là, Alanig mit ses bottes de sept lieues, et, en moins d'une heure il eut pris tant de gibier de toute sorte, qu'il lui fallut demander une charrette dans une ferme voisine, pour les porter au palais.

— Et comment avez-vous pu, en si peu de temps, faire un tel massacre ? lui dit le prince, en le voyant revenir avec sa charrette pleine.

— C'est la chance, mon prince, et un peu d'adresse aussi ; mais vous le savez bien, il y a des jours où l'on se croirait vraiment ensorcelé tant on est malheureux, et vous êtes, paraît-il, dans un de ces jours-là.

Le prince parut se contenter de cette explication, et l'on rentra au palais, où l'on fut bien étonné de voir arriver une telle quantité de gibier.

À partir de ce jour, Alanig fut bienvenu du roi et surtout du prince, qu'il accompagnait presque tous les jours à la chasse.

Fistilou, jaloux de cette faveur, entreprit de susciter de nouveaux embarras à son ancien ami. Il raconta aux valets d'écurie et autres leur visite au château du géant Goulaffre et la manière dont ils étaient parvenus à en sortir sans mal ; il parla aussi des bottes de sept lieues du géant, avec lesquelles Alanig faisait des chasses si merveilleuses.

Ces bruits arrivèrent vite aux oreilles du roi, qui fit appeler Alanig et lui parla ainsi :

— On dit que vous avez été au château du géant Goulaffre, et que vous en êtes revenu sans mal.

— Rien n'est plus vrai, sire.

— Ah ! quel brigand, quel monstre que ce Goulaffre ! et qu'il m'a fait de mal ! Il m'a volé ma demi-lune, une merveille incomparable, et ma cage d'or, qui faisait mon bonheur ! Ah ! si je pouvais me venger sur lui et recouvrer ma demi-lune et ma cage d'or ! Mais puisque vous avez déjà été chez lui et que vous en êtes revenu sans mal, vous pourriez bien y retourner.

— Ah ! sire, si vous saviez quel monstre terrible est ce géant ! Il me mangerait, sûrement, si je retournais chez lui.

— Vous y avez été déjà, et vous avez rapporté ses bottes de sept lieues ; il faut que vous y retourniez et que vous rapportiez ma demi-lune, ou vous serez brûlé vif.

— Être brûlé vif ici, ou être mangé par Goulaffre, il m'importe assez peu, et puisqu'il en est ainsi, je tenterai l'aventure.

Alanig partit donc, et comme il connaissait le chemin et qu'il avait ses bottes de sept lieues, il arriva facilement devant le château du géant. Des couvreurs réparaient les toits. Il se cacha dans le bois, pour attendre la nuit. Vers dix heures, comme il faisait bien sombre, la demi-lune fut arborée sur la plus haute tour, et aussitôt tout s'éclaira à plusieurs lieues à la ronde.

Les couvreurs, en se retirant le soir, avaient laissé leurs échelles contre les murs du château. Vers minuit, Alanig sortit du bois, et, au moyen de ces échelles, il monta sur la plate-forme de la tour, enleva la demi-lune, la mit dans un sac qu'il avait emporté, et partit sans rester, comme on dit, à chercher cinq pieds au mouton. À l'obscurité qui se fit soudainement, le géant sortit pour en connaître la cause. Il vit Alanig qui partait, emportant sa demi-lune sur son dos. Il cria, il hurla comme une bête féroce. Il voulut poursuivre le voleur ; mais hélas ! il n'avait plus ses bottes de sept lieues.

Quand Alanig arriva à Paris avec sa demi-lune, il l'arbora aussitôt sur la plus haute tour du palais du roi, et la ville entière, tout à l'heure plongée dans l'obscurité, se trouva soudain éclairée comme en plein jour. Les habitants se levaient et accouraient vers le palais, d'où venait la lumière, et voyant que leur roi avait retrouvé sa demi-lune, ils en étaient tout heureux. Le roi lui-même ne se tenait pas de joie. Il fit commander un grand festin auquel furent invités les princes, les princesses, les généraux, tous les grands du royaume, et il leur présenta Alanig comme le conquérant de la demi-lune et leur ordonna de l'honorer et de le considérer comme son meilleur ami. Les fêtes et les réjouissances durèrent quinze jours entiers dans toute la ville.

Quand il eut admiré sa demi-lune pendant trois mois, le vieux roi se mit à regretter plus que jamais sa cage d'or, et chaque jour sa joie se dissipait et il devenait de plus en plus triste.

Alanig le remarqua, comme tout le monde, et il se dit à part lui :

— Cela va mal ; le roi ne se consolera jamais de la perte de sa cage d'or et un de ces jours il m'ordonnera, je le crains bien, d'aller la lui chercher.

Et, en effet, peu après, le roi l'appela dans sa chambre, et lui dit :

— Alanig, vous voyez que je dépéris de tristesse et de chagrin ; c'est la perte de ma cage d'or qui en est la cause, et si je ne la revois dans mon palais, j'en mourrai sans tarder. Vous avez enlevé ses bottes de sept lieues à Goulaffre ; vous m'avez également reconquis ma demi-lune ; il faut que vous me rapportiez maintenant ma cage d'or.

— Ah ! sire, ce que vous me demandez là, nul homme au monde ne pourrait le faire. Songez donc que cette cage est suspendue par quatre chaînes d'or au-dessus du lit du géant ! Comment pénétrer dans sa chambre et couper les quatre chaînes d'or sans qu'il se réveille ? C'est impossible.

— Vous m'avez bien rapporté ma demi-lune, il faut me rapporter également ma cage d'or, ou il n'y a que la mort pour vous !

— Vous voulez m'envoyer à une mort certaine ; mais mourir ici ou mourir là-bas, peu m'importe après tout, et je préfère tenter encore l'aventure. Faites-moi fabriquer des ciseaux capables de couper des chaînes d'or comme des fils de lin ou de chanvre, et alors je partirai.

On trouva un artisan assez habile pour fabriquer les ciseaux nécessaires et Alanig partit.

Quand il arriva près du château, il vit avec plaisir que les couvreurs n'avaient pas terminé leur travail et que leurs échelles étaient encore appliquées contre les murs. Vers minuit, il pénétra dans la chambre de Goulaffre, en brisant une fenêtre. Le géant dormait si profondément qu'il n'entendit rien. La chambre était éclairée. Alanig vit la cage d'or au-dessus du front de Goulaffre. Il posa un de ses pieds sur le rebord du lit, l'autre contre le mur, et d'un coup de ses ciseaux il coupa une chaîne d'or : *reinn !* Le géant ne bougea pas. Puis il coupa une seconde chaîne : *reinn !* Le géant fit un mouvement. Puis une troisième : *reinn !* Le géant se retourna dans son lit, mais ne se réveilla pas. Enfin la quatrième chaîne fut coupée : *reinn !* Mais hélas ! la cage tomba sur la figure de Goulaffre et le réveilla. Il saisit Alanig par le milieu du corps, il le reconnut et s'écria :

— Ah ! c'est donc toi, petit monstre ! Pour cette fois tu ne m'échapperas pas, et ton affaire est claire ; je te mangerai à mon déjeuner, ce matin même.

— Hélas ! je vois bien que je n'ai plus aucun espoir et que c'en est fait de moi. Je reconnais, du reste, que j'ai mérité mon sort, par tout le mal que je vous ai fait. Mais à quelle sauce comptez-vous me manger, je vous prie ?

— À la broche ; et je te mettrai tout vivant au feu !

— Je vois bien que vous ne connaissez rien en fait de bonne cuisine ; faites comme je vais vous dire, et vous aurez le mets le plus délicieux dont vous ayez jamais mangé.

— Voyons cela, parle.

— Mettez-moi dans un sac, puis allez au bois, déracinez un

arbre de moyenne grandeur et venez me battre avec le tronc de cet arbre, jusqu'à ce que je sois réduit en bouillie dans mon sac. Alors vous mettrez le tout, avec un peu de beurre, de sel et de poivre, dans votre marmite, puis vous ferez bon feu dessous. Je vous le répète, vous aurez là un mets à vous en lécher les doigts pendant vingt-quatre heures.

— Tu as, ma foi, raison ; cela doit être bien bon, et je suis résolu à faire comme tu dis.

Le géant mit donc Alanig dans un sac, puis il alla au bois déraciner un hêtre, pour le battre.

Dès qu'il fut sorti, Alanig se mit à crier de toutes ses forces, pour appeler du secours. La femme du géant accourut.

— Qui est là ? qui crie de la sorte ? demanda-t-elle.

— Hélas ! ma bonne dame, un pauvre homme qui n'a jamais fait de mal à personne.

— Qui vous a mis dans ce sac ?

— C'est votre mari.

— Et pourquoi ?

— Pour quelques malheureux morceaux de bois secs pris dans la forêt.

— Pourquoi nous voler du bois aussi ?

— Pour cuire des pommes de terre pour le dîner de ma femme et de mes enfants. Je suis si pauvre ! Et j'ai six enfants, et rien que mon travail et la charité des bonnes âmes pour toute ressource. Ayez pitié de moi, et de ma pauvre femme et de mes pauvres enfants qui meurent de faim à la maison ! Aidez-moi à sortir d'ici ; votre mari croira que je me serai évadé de moi-même.

La femme du géant se laissa toucher, et elle délia les cordons du sac. Alanig en sortit d'un bond, puis il l'y enferma à sa place. Alors, il courut à la chambre du géant, souleva sa cage d'or et partit.

Goulaffre arriva aussitôt avec un arbre déraciné, et il se mit à battre le sac.

— Arrête, malheureux, je suis ta femme ! criait la géante dans le sac.

Mais Goulaffre ne l'écoutait pas et il frappait comme un sourd. Au bout d'une demi-heure, quand il n'entendit plus crier, il ouvrit le sac.

— Ma femme ! s'écria-t-il, en reconnaissant ses vêtements.

Et le voilà de s'arracher les cheveux et de hurler comme une bête sauvage.

Cependant Alanig était arrivé à Paris, avec la cage d'or. Le vieux roi, qui était tout triste et sombre auparavant, redevint gai et joyeux en revoyant sa cage, et il passait des journées entières à contempler cette merveille.

Mais, au bout de quelques mois, sa gaîté s'évanouit encore, peu à peu.

— Que va-t-il me demander à présent ? se disait Alanig inquiet.

Enfin le roi lui dit un jour :

— Je ne vivrai heureux que lorsque vous m'aurez amené ici, dans mon palais, le géant Goulaffre lui-même.

— Ah ! sire, pouvez-vous exiger l'impossible, et après tout ce que j'ai fait pour vous, ne me laisserez-vous pas un moment de tranquillité ?

— Je vous le dis, il faut que vous m'ameniez le géant Goulaffre, ou il n'y a que la mort pour vous !

— Oui, je vois à présent que c'est bien ma mort que vous désirez ; mais au moins, me donnerez-vous tout ce que je vous demanderai, pour tenter cette épreuve impossible ?

— Demandez tout ce que vous voudrez, je ne vous refuserai rien.

— Eh bien ! faites-moi construire un carrosse d'or massif, tout garni de pointes aiguës à l'intérieur, et dont l'unique portière se fermera d'elle-même sur celui qui entrera dans le carrosse, sans qu'il puisse l'ouvrir, quelle que soit sa force. Il me faudra de plus vingt-quatre chevaux vigoureux, pour les y atteler.

— Vous aurez tout cela, répondit le roi.

On trouva des forgerons et des serruriers habiles, et, en peu de temps, le carrosse fut construit dans les conditions voulues de solidité et de dimensions. On y attela vingt-quatre chevaux magnifiques. Alanig monta sur le siège, habillé en cocher, et il partit.

Quand il arriva dans le bois qui entourait le château, il vit le géant qui s'y promenait. Il pleurait et gémissait et poussait parfois des cris sauvages. Alanig s'avança vers lui, et lui demanda fort respectueusement :

— Quel est, seigneur, le sujet d'une douleur si grande ?

— Ah ! je suis le plus malheureux des géants ! Un avorton, nommé Alanig, m'a fait tuer mes deux filles et ma femme ; et de plus il m'a volé mes bottes de sept lieues, ma demi-lune et ma cage d'or. Ah ! si je le tenais ! Mais je ne sais où le trouver, ni quel pays il habite.

— Alanig ! mais je le connais très bien, et j'ai aussi à me plaindre de lui, et je serais bien aise de pouvoir me venger de tout le mal qu'il m'a fait. Entrez dans mon carrosse, seigneur, et je vous le ferai trouver, sans tarder.

Goulaffre, qui ne reconnaissait pas Alanig déguisé en cocher de grande maison, entra dans le carrosse sans hésiter, et aussitôt la portière se referma d'elle-même sur lui, avec grand bruit, et le cocher fouetta ses chevaux, qui partirent au grand galop. Le pauvre géant, cahoté dans sa prison, déchiré par les pointes qui lui entraient de tous côtés dans le corps, poussait des cris effrayants et faisait tous ses efforts pour ouvrir la portière et briser le carrosse.

Mais c'était en vain. Il épouvantait tout sur son passage, hommes et bêtes, par ses cris de rage.

On arriva à Paris. Mais une fois le géant amené dans la cour du palais, on ne savait plus que faire de lui. Tout le monde tremblait en l'entendant hurler et rugir dans sa prison. On assembla le conseil, pour délibérer sur ce qu'il fallait faire. Personne ne sut donner un avis raisonnable. La peur dominait tout. Alors Alanig dit :

— Je conduirai le carrosse au milieu d'une grande plaine ; faites transporter autour de lui cinquante charretées de bois de chênes et autant de charretées de fagots ; ensuite, on y mettra le feu, et Goulaffre sera brûlé vif et réduit en cendres, au milieu de ce feu d'enfer, sans pouvoir faire du mal à personne.

On suivit ce conseil, et on se délivra ainsi du terrible géant Goulaffre.

Alanig se maria alors à la fille du roi, et, comme il avait bon cœur, il nomma Fistilou son premier général d'armée, bien qu'il eût essayé de lui faire beaucoup de mal.

Il y eut, pendant un mois entier, des réjouissances publiques et des festins continuels. Moi, qui étais jeune alors, je fus prise à la cuisine du palais pour tourner la broche, et c'est ainsi que j'ai pu connaître l'histoire d'Alanig et du géant Goulaffre et vous conter toutes choses comme elles se sont passées.

Conté par Barba Tassel,
Plouared, 1869

(Contes et Légendes de la Basse-Bretagne)

LE FILLEUL DE LA SAINTE-VIERGE

Un fermier breton allait, un jour, payer son seigneur. Comme il se dirigeait vers le noble manoir, tout joyeux d'avoir ses cent écus dans sa poche, et songeant au bon dîner qui l'attendait, après les écus livrés, des voleurs sortirent tout à coup d'un bois, au bord de la route, le renversèrent à terre et lui enlevèrent son argent. Il se désolait et se lamentait, quand vint à passer un seigneur inconnu et d'un aspect étrange qui lui dit :

— Qu'avez-vous pour vous désoler de la sorte, mon brave homme ?

— Hélas ! monseigneur, je suis ruiné, un homme perdu !

— Et pourquoi cela ?

— J'allais payer ma Saint-Michel, au manoir que vous voyez là-bas, et je ne songeais point à mal, quand des voleurs sont sortis tout-à-coup de ce bois et, me jetant à terre, m'ont enlevé les cent écus que j'ai eu tant de peine à ramasser, et que je portais dans une bourse de cuir. Je suis un homme perdu. Mon seigneur va vendre tout ce que je possède, et je serai réduit à mendier de porte en porte, avec ma femme.

— Allons ! ne vous désolez pas tant, car tout peu encore s'arranger. Promettez-moi de me livrer, dans douze ans, ce que votre femme porte présentement de plus précieux, et je vous donnerai cent écus à l'instant même.

Le paysan promit imprudemment, ne se doutant pas de ce que

lui coûterait un jour un tel engagement. L'inconnu lui compta alors cent écus, et le fermier alla payer son seigneur, sans autre souci.

Au retour, il raconta à sa femme ce qui lui était arrivé.

— Ah ! malheureux, qu'as-tu fait ? lui dit celle-ci. Ce seigneur inconnu ne peut être que le Diable, et tu lui as vendu ton enfant, car je suis enceinte !

Et les voilà de se désoler et de pleurer ensemble.

— Et que faire, mon Dieu ?

— Il faut consulter Monsieur le Recteur.

Et ils se rendirent tous les deux au bourg, et racontèrent tout à leur recteur. Celui-ci, après avoir réfléchi, leur dit :

— Il faudra me donner pour parrain à l'enfant, quand il sera né ; la Sainte-Vierge sera sa marraine, et peut-être parviendrons-nous, de la sorte, à annuler le pacte fatal.

L'enfant vint au monde, quand son temps fut arrivé. C'était un superbe garçon. Il fut baptisé, et on lui donna pour parrain le curé de la paroisse, et pour marraine la Sainte-Vierge, comme c'était convenu. Il fut nommé Pipi. On le mit en nourrice, et il venait à merveille. À l'âge de huit ans, on l'envoya à l'école, chez des moines qui étaient dans le voisinage. Il apprenait bien et l'on était très content de lui. Mais on s'aperçut bientôt qu'il devenait triste et qu'il maigrissait d'une façon alarmante. Ses parents avaient beau l'interroger, lui demander s'il était malade, pourquoi il était si triste et ne prenait pas de part aux jeux des enfants de son âge, l'enfant répondait toujours qu'il n'était pas malade, et qu'il n'avait aucun sujet d'être triste. Son parrain dit que tout cela ne lui paraissait pas naturel et qu'il voulait en avoir le cœur net. Il se mit donc à surveiller Pipi de près, et un jour il se cacha sur le bord du chemin qu'il suivait tous les jours, pour se rendre à l'école. Il fut bien étonné, quand il passa, de le voir accompagné d'un barbet noir qui le roulait sur la route et lui mangeait son pain. Il se montra aussitôt, fit le signe de la croix sur le barbet noir, et celui-ci s'enfuit alors en grognant et en lui montrant les dents. L'enfant raconta alors à son parrain que ce barbet noir le roulait ainsi tous les jours sur la route et lui arrachait son pain de la main.

Dès lors on connut la cause de la tristesse de Pipi et de son état maladif. À partir de ce jour aussi, son parrain l'accompagnait jusqu'à la porte du cloître et le ramenait, chaque soir, chez ses parents. Ils voyaient bien encore le barbet noir qui montrait les dents, mais à distance, car il n'osait pas approcher du prêtre. Pipi était un garçon éveillé, et il apprenait tout ce qu'il voulait. Cependant il approchait de l'âge de douze ans et ses parents ainsi que son parrain devenaient de jour en jour plus soucieux. La veille du jour où il atteignait ses douze ans, son père, sa mère et le recteur passèrent toute la nuit à prier pour lui. Le lendemain matin, son parrain célébra à son intention une messe à laquelle l'enfant assista aussi, puis il l'envoya, je ne sais sous quel prétexte, sur la route, à l'endroit où le marché fatal avait été conclu et où il devait être livré, le jour où ses douze ans seraient accomplis. Mais il lui recommanda de ne pas oublier d'entrer dans une chapelle dédiée à la Vierge, qui se trouvait sur le bord de la route, pour prier sa marraine de le protéger dans le danger.

Pipi partit sans se douter de rien. Arrivé près de la chapelle de la Vierge, il y entra et fit sa prière à sa marraine, à deux genoux sur les dalles froides. En se relevant, il fut bien étonné de voir les larmes qui coulaient le long des joues de la Mère de Dieu.

— Comment, ma bonne marraine, lui dit-il, est-ce donc moi qui vous cause de la peine, pour vous faire pleurer ainsi ? Je ne passe jamais devant aucune de vos saintes maisons sans vous faire ma visite, vous le savez bien, et si j'ai manqué en quelque sorte, je vous serais obligé de vouloir bien me le faire savoir.

— Hélas ! mon pauvre enfant, tu ne connais pas le danger qui te menace en ce moment, et tu ignores où tu vas.

— Mon parrain m'envoie lui faire une commission.

— Tu vas te livrer au Diable, mon pauvre enfant !

— Jésus, mon Dieu, que dites-vous, ma marraine ?

— Hélas ! tu lui appartiens par un marché fatal qui a été conclu par ton père, avant ta naissance. Mais ta marraine que tu as toujours aimée et honorée, ne t'abandonnera pas dans le danger. Prends ce petit livre et ne t'en sépare jamais, et pendant que tu l'auras sur toi, n'aie aucune crainte, sois tranquille, car rien ne pourra te faire du mal, en aucune façon. Quand tu arriveras à l'endroit où t'envoie ton parrain, tu verras là un seigneur inconnu, avec deux chevaux. C'est le Diable qui t'attend, pour t'emmener dans l'enfer. Il te priera de monter sur un de ses chevaux ; mais garde-toi bien d'obéir ; dis-lui que s'il veut que tu l'accompagnes, il faudra qu'il te porte lui-même. Il te dira alors de monter sur son dos. Tu le feras ; mais, par la vertu de mon petit livre, tu lui seras si lourd, si lourd, qu'il s'enfoncera dans la terre jusqu'aux genoux. Il se débarrassera alors de toi et te jettera en l'air ; mais tu retomberas à terre, sans aucun mal, toujours par la vertu de mon petit livre. Il te reprendra alors une seconde fois sur son dos, et s'enfoncera encore dans la terre, jusqu'à la ceinture : il te rejettera en l'air, bien plus haut ; mais tu retomberas comme la première fois, sans mal. Il tentera un troisième essai, et, cette fois, il s'enfoncera en terre jusqu'au cou. Se voyant contraint de renoncer à toi, par un pouvoir supérieur au sien, il appellera sur ta tête mille malédictions et te jettera encore en l'air, mais si haut, si haut, cette fois, que tu iras tomber dans un bois, à plusieurs lieues de là. Alors tu seras sauvé du Diable. Mais garde précieusement mon petit livre, car tu en auras encore besoin.

Pipi prit le petit livre des mains de sa marraine, la remercia du milieu de son cœur, puis, il se dirigea vers le lieu du rendez-vous, non sans trembler un peu, vous le pensez bien, malgré le petit livre et les conseils de sa marraine. Quand il y arriva, il vit un seigneur d'un aspect étrange, qui vint à lui et lui dit :

— Ah ! te voilà ? Tu as bien fait d'être exact au rendez-vous, car s'il m'avait fallu aller te chercher, tu aurais eu à t'en repentir ; monte sur ce cheval.

— Excusez-moi, monseigneur, mais je ne monte jamais à cheval.

— Tu ne peux pas me suivre à pied, car nous allons loin d'ici ; il faut que tu montes sur ce cheval, il ne te fera pas de mal.

— Je ne monterai pas sur votre cheval, je ne marcherai pas non plus, et si voulez m'emmener, il faudra me porter sur votre dos.

— Allons ! monte sur mon dos, alors, et partons.

Et il monta sur le dos du Diable ; et celui-ci s'enfonça dans la terre jusqu'aux genoux ; et il lança Pipi en l'air, en disant :

— Qu'as-tu sur toi, pour être si lourd ?

— Je n'ai rien sur moi, vous le voyez bien.

— Viens encore, pour voir.

Et Pipi remonta. Le Diable s'enfonça dans la terre jusqu'à la ceinture, et il rejeta son fardeau en disant :

— Je n'ai jamais rien vu d'aussi lourd ! Il faut que tu aies sur toi quelque chose de saint...

— Non, je vous assure, je n'ai rien de semblable.

— Remonte, alors, car il faut en finir.

Pipi remonta, et, cette fois, le Diable s'enfonça dans la terre jusqu'au cou. Il poussa un cri épouvantable, et, renonçant à sa conquête, il rejeta Pipi en l'air, si haut, si haut, qu'on ne le voyait plus. Il alla retomber à plusieurs lieues de là, au milieu d'un grand bois. Il retomba sur ses pieds, comme un chat, sain et sauf, et se mit à se promener dans le bois. Il arriva auprès d'une fontaine. L'eau était si limpide et si belle qu'il ne put résister à la tentation d'en boire. Aussitôt il s'endormit sur la mousse, au murmure du ruisseau, pressant son petit livre sur son cœur. Une jeune demoiselle, qui se promenait seule dans le bois, vint à passer par là en ce moment. Elle vit Pipi, dormant profondément, et serrant de sa main droite son petit livre sur son cœur. Ce petit livre excita sa curiosité, et s'approchant tout doucement du dormeur, elle parvint à le lui enlever, sans qu'il se réveillât, puis elle s'enfuit en l'emportant.

Quand le pauvre Pipi se réveilla, son premier soin fut de s'assurer s'il avait encore son petit livre. Hélas ! il avait disparu ! Le voilà désolé, et de le chercher partout dans le bois. Mais il chercha en vain, vous le pensez bien. Il finit par se trouver dans une belle avenue de grands chênes, et, en suivant cette avenue, il arriva à la porte d'un vieux château. La porte était ouverte, et il entra et se trouva dans une vaste cour où il ne vit personne. Il entra dans une salle dont la porte était également ouverte, et là, il vit une belle demoiselle lisant fort attentivement un livre qu'il reconnut tout de suite pour être le sien.

— Bonjour, belle demoiselle, lui dit-il.

— Bonjour, répondit-elle.

— C'est mon livre que vous tenez là, et je vous prie de vouloir bien me le rendre.

— Oui, c'est votre livre ; mais je ne le rendrai qu'à une condition.

— Et laquelle, s'il vous plaît ?

— C'est que vous m'emmeniez hors de ce château, et que vous m'épousiez un jour, plus tard.

— Rendez-moi toujours mon livre, puis nous verrons.

— Je vous en prie, promettez-moi de faire ce que je vous demande, car à présent que j'ai lu dans votre petit livre, j'ai appris des choses qui me font désirer vivement de quitter ce château, le plus tôt possible.

— Si ce que vous dites est vrai, je veux bien vous aider à sortir d'ici, et vous conduire chez mon père.

— Eh bien ! fuyons tout de suite. Mon père et ma mère sont sorciers et prennent toutes les formes qu'ils veulent ; mais je vous dirai ce qu'il faudra faire pour leur échapper, car j'ai aussi lu leurs livres, et j'en ai profité. Ils dorment tous les deux, en ce moment. Nous allons charger deux mulets d'or et d'argent, car il n'en manque pas ici, prendre deux chevaux à l'écurie, puis partir, sans perdre de temps.

Et ils chargèrent deux mulets d'or et d'argent, prirent les deux meilleurs chevaux de l'écurie, et les voilà partis.

Quand le vieux sorcier et sa femme se réveillèrent, ils virent tout de suite que leur fille était partie, emmenant deux mulets chargés d'or et d'argent et les deux meilleurs chevaux de l'écurie.

— Cours à la poursuite de notre fille, dit la sorcière au sorcier ; elle n'est pas partie seule et malheur à celui qui l'a enlevée !

Cependant Pipi et sa compagne fuyaient avec la rapidité du vent. La jeune sorcière s'attendait bien à être poursuivie, aussi disait-elle de temps en temps à son libérateur :

— Regarde derrière toi ; ne vois-tu rien venir ?

— Si ! Je vois le chemin rempli d'une fumée épaisse qui s'avance sur nous !

— C'est mon père ! Nos chevaux, nos mulets avec l'or et l'argent vont être changés en une glace, dont une extrémité touchera la terre, et l'autre ira se perdre dans les nuages, pour arrêter la fumée ; et nous deux nous serons à nous chauffer au soleil de l'autre côté de cette glace.

Ce qui fut fait sur-le-champ, comme elle l'avait dit.

La fumée, c'est-à-dire le vieux sorcier, arrivée à la glace, s'arrêta un moment, ne pouvant aller plus loin, puis elle rétrograda.

— Poursuivons notre route, dit alors la jeune sorcière.

Et les voilà aussitôt rendus tous à leurs formes premières, et de poursuivre leur route, sans perdre de temps.

Quand le vieux sorcier revint au château :

— Comment, lui dit sa femme, tu ne les ramènes donc pas ?

— J'ai trouvé tout à coup une glace immense, dont une extrémité touchait la terre et l'autre se perdait dans les nuages ; elle barrait complètement le passage et je n'ai pas pu aller plus loin !

— Imbécile ! Cette glace c'était les chevaux et les mulets chargés d'or et d'argent, et eux se chauffaient au soleil, de l'autre côté. Retourne, vite, et ramène-les, cette fois.

Et le vieux sorcier se remit en route.

— Regarde derrière toi, dit encore la jeune sorcière à Pipi. Ne vois-tu rien venir ?

— Si !...

— Que vois-tu ?

— Toujours une grande fumée qui s'avance rapidement sur nous !

— C'est encore mon père ! Nos mulets et nos chevaux chargés d'or et d'argent vont être changés en fontaine, et nous deux, nous serons au fond de l'eau, sous la forme d'un miroir resplendissant.

Ce qui fut fait aussitôt.

Le vieux sorcier fut tout étonné de trouver une fontaine qu'il n'avait jamais vue, sur une route qui lui était si bien connue.

— Qu'est ceci ? s'écria-t-il.

Et il s'arrêta pour examiner la fontaine.

— Comme cette eau est claire ! On dirait un miroir resplendissant.

Et il ne se lassait pas de s'y mirer. Mais, au bout de quelque temps, ne voyant pas autre chose, il retourna sur ses pas.

Dès qu'il fut parti, Pipi et la jeune sorcière, les chevaux et les mulets reprirent leur forme naturelle, et ils se remirent en route.

La sorcière, voyant son mari revenir encore seul, s'écria en colère :

— Comment, encore seul !...

— Ma foi, je n'ai trouvé qu'une fontaine au bord de la route, et dans cette fontaine, qui m'était inconnue, l'eau brillait comme un miroir, et je ne pouvais en détacher mes yeux.

— Triste sorcier que tu fais, en vérité ! Les pierres de la fontaine, c'étaient les chevaux et les mulets chargés d'or et d'argent ; l'eau, c'était l'or et l'argent ; et ce beau miroir, car c'en était bien un, c'était notre fille et son ravisseur ! Il faut que j'aille, à présent, avec toi, car tu ne fais que des bêtises !

Et les voilà de partir tous les deux ensemble.

— Regarde derrière toi, dit la jeune sorcière à Pipi. Ne vois-tu rien venir ?

— Si !...

— Que vois-tu ?

— De la fumée et du feu, plein le chemin !

— Ah ! c'est ma mère qui vient, à présent, avec mon père ! Cette fois, nous aurons plus de peine à nous tirer d'affaire. Nos chevaux et nos mulets vont être changés en pont ; l'or et l'argent, en rivière ; toi, en saule, au bord de la rivière, et moi, en anguille, au fond de l'eau. Ma mère ne sera pas aussi facile à dérouter que mon père, et il me faudra lui livrer un combat terrible ; mais si nous l'emportons, nos peines seront finies, et ils n'auront plus aucun pouvoir sur nous.

Et aussitôt, voilà une rivière, un pont sur la rivière, un saule au bord et une anguille au fond de l'eau.

Le sorcier et la sorcière arrivèrent avec un vacarme épouvantable. La sorcière, qui était sous la forme d'une flamme, reconnut sa fille devenue anguille au fond de l'eau. Elle se changea aussitôt en une grosse truite, pour la poursuivre, et voilà un combat terrible entre la mère et la fille. Le vieux sorcier, qui était arrivé sous la forme de fumée, reconnut le ravisseur de sa fille, devenu saule, et il se changea en cognée pour frapper le saule. Mais la cognée ne put l'entamer, et, à chaque coup, elle rebondissait et s'émoussait. C'était son petit livre qui protégeait encore Pipi.

Le combat entre la truite et l'anguille fut long et avec des chances diverses. Mais l'anguille finit par enlacer si fortement la truite qu'elle allait l'étouffer si elle ne se fut avouée vaincue.

Alors le vieux sorcier et la vieille sorcière s'en retournèrent chez eux, sous forme de fumée et de flamme, avec un bruit épouvantable, au milieu du tonnerre et des éclairs et en maudissant leur fille.

Pipi, la jeune sorcière, les chevaux et les mulets chargés d'or et d'argent, ayant repris leur forme première, continuèrent leur route, tranquilles et sans aucune inquiétude désormais.

Pipi conduisit la jeune sorcière chez son père et sa mère. Ceux-ci, ne le voyant pas revenir, portaient déjà son deuil, car ils le croyaient au pouvoir du Diable. Grande fut leur joie, vous pouvez le penser, de le revoir. Avec l'or et l'argent dont étaient chargés les mulets, ils étaient maintenant riches comme des princes, et un beau château s'éleva bientôt à la place où était auparavant leur pauvre chaumière.

La jeune sorcière fut baptisée par le parrain de Pipi ; puis, quand celui-ci eut atteint l'âge de vingt ans, ils se marièrent ensemble et il y eut des noces et des festins magnifiques pendant un mois entier.

Le grand-père de la grand-mère de mon grand-père, qui était

un peu parent de Pipi, fut invité des noces, et c'est ainsi qu'il en vint des nouvelles dans ma famille, et que nous en avons gardé le souvenir, jusqu'aujourd'hui.

Conté par Barba Tassel,
Plouared, 1869

(Revue de Bretagne et de Vendée, février 1870)

٣

LES DEUX FILS DU PÊCHEUR

Une fois il y avait, une fois il y aura,
Pour donner carrière à tous les contes.

Il y avait une fois un vieux pêcheur dont la femme était enceinte. Un soir il revint à la maison, n'ayant rien pris. Mais sa femme avait envie de manger du poisson, et il lui fallut retourner tout de suite au rivage. Il jeta ses filets et amena un très beau poisson. Il en était tout heureux :

— À présent, du moins, se disait-il, ma femme me donnera un peu de paix.

Mais voilà qu'au moment où il voulut prendre le poisson, celui-ci se mit à parler, et lui dit :

— Quand je serai mort, donnez ma chair à manger à votre femme ; mon cœur, avec l'eau où j'aurai été lavé, à votre jument ; et mes entrailles et mes poumons, à votre chienne.

Le vieux pêcheur fut bien étonné d'entendre parler un poisson comme un homme. Jamais il n'avait vu pareille chose. Il répondit :

— Je le ferai.

Puis il s'en revint à la maison.

En arrivant, il dit à sa femme :

— C'est moi qui ai pris un beau poisson ! Voyez, femme, comme il est beau et grand !

— Oui vraiment, il faut le faire cuire.

— Si vous saviez ce qu'il m'a dit !

— Qui ? Le poisson ?

— Oui, le poisson.

— Et que vous a-t-il donc dit ?

— Qu'il faut vous donner sa chair à manger, son cœur, avec l'eau qui aura servi à le laver, à notre jument, et ses entrailles et ses poumons à notre chienne.

— Alors il faudra faire comme il a dit.

On fit cuire le poisson, et la femme du pêcheur mangea sa chair, la jument mangea son cœur et la chienne ses entrailles.

Tôt après, la femme du pêcheur accoucha et elle donna le jour à deux jumeaux, deux enfants superbes. Ils se ressemblaient si bien qu'il fallut mettre un ruban au bras de l'un d'eux pour les distinguer l'un de l'autre. La jument eut aussi, le même jour, deux petits poulains qui se ressemblaient parfaitement, et la chienne mit bas également deux petits chiens qu'il était impossible de distinguer l'un de l'autre.

— À merveille ! dit le pêcheur. Un poulain et un chien pour chacun de nos enfants.

Les deux enfants venaient bien. Quand ils furent arrivés à l'âge de quinze ou seize ans, l'un d'eux dit à ses parents qu'il s'ennuyait à la maison et qu'il voulait voyager. Son père, sa mère et son frère firent de vains efforts pour le retenir. Il fallut le laisser partir. Mais avant de se séparer il recommanda à son frère d'aller tous les matins, en se levant, donner un coup de couteau dans le tronc d'un laurier qui se trouvait dans le jardin ; quand il en sortirait du sang, alors il serait mort ; mais jusqu'alors, il n'aurait pas à être inquiet sur son sort.

Il partit, emmenant son cheval et son chien. Il marcha tant et tant qu'il arriva, un jour, dans une longue avenue de vieux chênes. Il suivit cette avenue et, à l'extrémité, il se trouva devant un beau château. Il frappa à la porte. On lui ouvrit, et il demanda au portier si l'on n'avait pas besoin d'un domestique dans le château. On le prit comme valet d'écurie. Comme il était laborieux, adroit, et un beau garçon aussi, il plut, vite, au seigneur ; et son cheval et son chien lui plaisaient aussi. Mais s'il plaisait au seigneur, il plaisait davantage encore à sa fille, une jeune demoiselle d'une grande beauté. Enfin, il lui plut si bien, qu'ils se marièrent ensemble, au bout d'un an.

Les deux jeunes époux vivaient heureux, se promenant tous les jours dans les jardins et les bois qui entouraient le château. Un jour, le fils du pêcheur remarqua que les fenêtres et les portes d'un côté du château étaient toujours fermées. Il en demanda la raison à sa femme.

— C'est que, répondit-elle, il y a de ce côté du château une cour qui est remplie de bêtes venimeuses, couleuvres, crapauds, salamandres et autres reptiles.

À partir de ce moment, il ne faisait que songer à cette cour, et il avait une grande envie d'aller voir si ce qu'on lui en avait dit était vrai. Un jour qu'il se promenait de ce côté du château avec son cheval et son chien — sa femme ne l'accompagnait pas ce jour-là —, en passant devant la porte, il se dit :

— Il faut absolument que je voie ce qu'il y a là !

Il frappa à la porte ; elle lui fut ouverte par une vieille petite femme qui lui parla de la sorte :

— Bonjour, mon fils ; tu viens donc me voir, enfin ?

— Bonjour, grand-mère.

— Entre, vite, et viens que je te fasse voir les belles choses que j'ai ici. Tiens, voilà deux chaînes pour attacher ton cheval et ton chien.

Et elle s'arracha deux cheveux de la tête et les lui présenta. Et aussitôt les deux cheveux se changèrent en deux chaînes, avec lesquelles il attacha son cheval et son chien à deux poteaux de pierre qui étaient là, un de chaque côté de la porte. Le cheval et le chien, en voyant cela, se mirent à se démener, pour s'en défendre, à hennir et à hurler ; mais ce fut en vain, ils furent attachés et il leur fallut rester là.

— Suis-moi à présent, mon fils, que je te fasse voir mon château, reprit la vieille femme. Viens voir toutes les belles choses que j'ai ici ; jamais tu n'as rien vu de pareil. Allons d'abord voir le moulin de rasoirs.

Quand ils furent devant la grande roue toute garnie de rasoirs :

— Vois, mon fils, quelle merveille ! Mais baisse-toi un peu, penche-toi par ici, tu verras mieux.

Et comme il se penchait sur l'abîme, sans songer à mal, la vieille diablesse le poussa, et il tomba sur la roue et fut haché menu et moulu comme de la sciure de bois !

Son frère, qui était resté à la maison, allait chaque matin, en se levant, donner un coup de couteau dans le tronc du laurier du jardin, et, comme il n'amenait pas de sang, il ne s'inquiétait de rien et il se disait :

— Dieu soit loué ! Il est toujours en vie, mon frère chéri !

Mais hélas ! ce matin-là, dès qu'il eut donné son coup de couteau, comme à l'ordinaire, le sang jaillit du tronc du laurier.

— Ô malheur ! Mon pauvre frère est mort ! s'écria-t-il aussitôt.

Et le voilà d'aller trouver son père, les larmes aux yeux, et de lui dire :

— Hélas ! mon père, mon pauvre frère est mort !

— Comment peux-tu savoir cela ?

— Il m'avait recommandé, avant de partir, d'aller tous les matins, en me levant, donner un coup de couteau dans le tronc du laurier de notre jardin, me disant que lorsque j'amènerais du sang, il serait mort. Hélas ! ce matin, le sang a jailli du tronc du laurier : mon pauvre frère est mort ! Mais je veux aller à sa recherche, et je ne cesserai de marcher, ni la nuit ni le jour, que quand je l'aurai retrouvé.

Son père et sa mère eurent beau le supplier, en pleurant, de ne pas les abandonner dans leur vieillesse, il ne les écoutait pas, et il partit, emmenant aussi son cheval et son chien, comme son frère. À force de marcher, nuit et jour, sans jamais s'arrêter, il arriva dans la même avenue de chênes que son frère. Il frappa aussi à la porte du château, et on lui ouvrit aussitôt. La femme de son frère, en le voyant entrer dans la cour, le prit pour son mari, et, descendant l'escalier au plus vite, elle vint se jeter dans ses bras, en criant :

— Te voilà donc, mon pauvre époux ! Dieu, que tu m'as causé du chagrin ! Je craignais que tu ne fusses allé dans la cour de derrière du château, car de là personne ne revient !

Celui-ci vit bien qu'on le prenait pour son frère, et il dit :

— Je m'étais égaré dans le bois, je ne sais comment. Mais je n'ai pas éprouvé de mal.

Et la joie de renaître dans le château, au milieu de la plus grande affliction !

Quand l'heure du repas fut venue ils mangèrent à la même table, puis ils montèrent ensemble à leur chambre à coucher. Avant de se mettre au lit, le jeune homme plaça son épée nue entre la femme de son frère et lui.

— Pourquoi donc fait-il cela ? se disait en elle-même la jeune femme, étonnée.

Le fils du pêcheur, qui tremblait d'être reconnu, dit qu'il était accablé de fatigue et qu'il voulait dormir. Mais la jeune femme ne cessait de l'interroger, lui demandant comment il avait passé son temps, depuis son absence, et beaucoup d'autres choses. Il était bien embarrassé, vous le pensez bien, et ne savait que répondre, le plus souvent. Il demanda aussi pourquoi toutes les portes et les fenêtres étaient closes dans tout un côté du château.

— Mais je te l'ai déjà dit ! Tu ne te rappelles donc pas ?

— Non sûrement, je l'ai oublié.

— Eh bien ! je vais te le dire à nouveau : de ce côté du château il y a une cour toute pleine de reptiles venimeux, et de bêtes plus méchantes encore, et celui qui s'aventurerait là, n'en reviendrait jamais.

Il pensa aussitôt que son frère était allé là.

Le lendemain matin, après déjeuner, il alla se promener de ce côté du château, avec son cheval et son chien.

— Mon frère doit être là, se disait-il en lui-même, et, arrive que pourra, il faut que j'aille voir.

Et il frappa à la porte. La vieille vint lui ouvrir. Il entra, et reconnut aussitôt le cheval et le chien de son frère, bien qu'ils fussent si maigres qu'ils paraissaient près de mourir de faim.

— Bonjour, mon fils, lui dit la vieille femme. Tu es donc venu aussi me voir ? Entre, vite, que je te fasse voir toutes les belles choses que j'ai ici. Mais prends d'abord ces deux chaînes, pour attacher ton cheval et ton chien, là, auprès de la porte, jusqu'à ton retour.

Et elle s'arracha deux cheveux de la tête et les lui présenta. Mais lui souffla dessus, et ils tombèrent à terre et se changèrent aussitôt en deux vipères.

— Eh ! reprit la vieille en voyant cela, si tu ne veux pas attacher ton cheval et ton chien, laisse-les là en liberté, dans la cour, et viens toujours avec moi, pour visiter le château.

Et il la suivit. Quand ils furent arrivés au moulin de rasoirs :

— Regarde, mon fils, mets la tête à ce trou-là, et tu verras quelque chose de merveilleux.

— Montrez-moi comment je dois faire, grand-mère.

— Tiens, comme ceci, mon fils.

Et elle passa sa tête par le trou. Aussitôt le fils du pêcheur la prit par les pieds et la précipita sur la roue garnie de rasoirs et, en un moment elle tomba en bas moulue et hachée en morceaux menus comme de la sciure de bois.

Alors, il se promena partout par le château, pour voir s'il ne retrouverait pas son frère. Il rencontra un renard femelle, qui lui dit :

— Comment avez-vous pu venir ici ?

— Vous parlez donc aussi, vous ? lui répondit-il, tout étonné.

— Comme vous le voyez.

— Oh ! J'ai su venir à bout de la vieille femme, moi !

— Comment cela ?

— Comment ? Je l'ai précipitée, la tête la première, sur sa roue garnie de rasoirs, et elle a été hachée en morceaux menus comme de la sciure de bois.

— Oh ! que je voudrais que ce fût vrai !

— Rien n'est plus vrai, vous pouvez m'en croire.

— Alors vous m'avez délivrée !

Et aussitôt le renard femelle se changea en une princesse, d'une beauté merveilleuse.

— Voilà cinq cents ans, dit-elle, que j'étais retenue ici sous un charme par cette sorcière maudite !

— Et mon pauvre frère, ne pouvez-vous me dire ce qu'il est devenu ?

— Votre frère a été précipité par elle sur la roue garnie de rasoirs, et il a été réduit en morceaux menus comme de la sciure de bois. Mais rassurez-vous, j'ai tout ramassé, sa chair, ses os, son sang, et avec de l'eau de vie dont nous trouverons une fiole dans la chambre de la vieille sorcière nous le rappellerons à la vie.

Chair, os, sang, on mit le tout dans un tas, on répandit dessus une fiole de l'eau de vie, et aussitôt le corps se reconstitua et le fils du pêcheur se releva, bien vivant et bien portant, et dit :

— Que j'ai bien dormi !

— Oui, mon pauvre frère, et sans moi et cette belle princesse, tu ne te serais pas réveillé de sitôt !

Les deux frères se jetèrent alors dans les bras l'un de l'autre et pleurèrent de joie de s'être retrouvés. Puis, accompagnés de la belle princesse qu'ils avaient délivrée, ils revinrent dans la partie opposée du château, et la jeune femme fut bien étonnée de se voir deux maris, au lieu d'un, et elle ne pouvait distinguer lequel était le véritable, tant ils se ressemblaient ! Ils lui racontèrent tout, et alors elle comprit pourquoi le second avait placé son épée nue entre elle et lui, pendant la nuit qu'il avait passée avec elle.

Alors celui des deux frères qui n'était pas marié, se maria avec la belle princesse qu'il avait délivrée et qui était sous la forme d'un renard femelle.

On envoya un beau carrosse pour prendre le vieux pêcheur et sa femme, et, pendant, un mois entier, il y eut des jeux, des danses et des festins comme vous n'en avez jamais vu.

La grand-mère de ma trisaïeule était un peu parente du vieux pêcheur, et elle fut aussi invitée à la noce ; et c'est ainsi qu'on eut des nouvelles de cette fameuse noce dans le pays.

Conté par Marguerite Philippe,
de Pluzuned

LE MEUNIER ET SON SEIGNEUR

Il y avait quatre ans qu'il n'avait pas payé sa Saint-Michel à son seigneur. Il était pauvre assez !

Un jour, le seigneur retournant de la chasse et de mauvaise humeur, parce qu'il n'avait rien pris, tira sur la vache du meunier, qu'il trouva dans son chemin, et la tua. La femme du meunier vit le coup, et elle accourut à la maison en criant avec douleur :

— Hélas ! Hélas ! Nous sommes assez affligés pour le coup ! Voilà notre vache tuée par le seigneur !

Le meunier ne dit rien ; mais il était en colère néanmoins. Durant la nuit, il écorcha sa vache, et il alla ensuite vendre la peau à Guingamp. Comme il avait loin à aller et qu'il voulait être de bon matin en ville, il partit de la maison vers minuit. Arrivé à passer par un bois où, selon le bruit commun, il y avait de grands voleurs, il lui vint peur, et il grimpa sur un arbre, pour attendre le jour.

Bientôt une bande de voleurs arrivèrent sous cet arbre pour partager leur argent. Et voilà de la chicanerie et du bruit ; ils ne pouvaient pas s'entendre.

— Jésus ! si je pouvais avoir cet argent-là ! se disait le meunier en lui-même.

Et lui de songer à jeter la peau de sa vache au milieu d'eux pour les effrayer. Les voleurs, en voyant les cornes et cette peau noire — car la vache était noire —, crurent que c'était le Diable qui venait les chercher. Et de déguerpir, de çà et là, en abandonnant là tout leur argent !

— Mon coup à réussi, ma foi ! se dit le meunier.

Et il descendit alors de son arbre, ramassa tout l'argent dans sa peau de vache, et de courir à la maison ! Sa femme et lui restèrent jusqu'au jour à compter de l'argent ; mais ils ne pouvaient venir à bout de faire aucun compte, c'était trop d'argent !

Le lendemain matin, le meunier dit à sa femme d'aller demander le boisseau chez leur seigneur, pour mesurer l'argent. La femme va, et demande le boisseau.

— Pourquoi avez-vous besoin du boisseau ? lui demanda le seigneur.

— Pour mesurer de l'argent, monseigneur.

— Pour mesurer de l'argent assez ! Vous voulez vous moquer de moi, je crois ?

— Non, mon Dieu, mon bon seigneur ; je vous dis la vérité. Venez avec moi, et vous verrez.

Le seigneur va avec elle. Quand il voit la table du meunier couverte de pièces de deux écus, il est bien surpris, et il lui dit :

— D'où as-tu eu cet argent-là ?

— C'est de la peau de ma vache, que j'ai vendue à Guingamp, que je l'ai eu, monseigneur.

— De la peau de ta vache ? Les peaux de vache sont bien chères, alors !

— Oui, tout de bon, monseigneur, et vous m'avez rendu un grand service en tuant ma vache.

Et le seigneur à la maison, tout de suite, et de faire tuer toutes ses vaches et les écorcher. Le lendemain matin, il envoie un valet en ville avec les peaux — il en avait la charge d'un cheval —, et il lui dit de demander un boisseau d'argent de chacune.

Le valet se rend en ville avec ses peaux.

— Combien chaque peau ? lui demande un tanneur.

— Un boisseau d'argent !

— Allons ! ne plaisante pas. Combien chaque peau ?

— Je vous l'ai dit, un boisseau d'argent.

Et comme il faisait la même réponse à tous, les tanneurs se mirent en colère, et le valet fut roué de coups par eux, roulé sur le pavé, et ils lui prirent même ses peaux.

Quand il arriva à la maison :

— Où est l'argent ? lui demanda le seigneur.

— Ah ! oui l'argent, en vérité ! Je n'ai reçu que des coups de pieds et des coups de bâton et mon pauvre corps est tout brisé !

— Le meunier m'a trompé ! s'écria alors le seigneur en colère. Mais n'importe, mon tour viendra aussi !

Le meunier fit un petit festin avec la vache qui lui avait été tuée, et il dit à sa femme d'aller prier le seigneur d'y venir aussi.

La meunière va ; elle fait son invitation.

— Comment ? Venir se moquer de moi encore, dans ma maison !

— Jésus, mon bon seigneur, moi, me moquer de vous ! Ni moi ni mon homme n'oserait jamais faire cela.

— Eh bien ! j'irai quand même, et je parlerai au meunier. Celui-là pense être plus fin que moi, peut-être ?

Le seigneur vint souper au moulin. Il y avait du fricot, du lard, du rôti à la broche, du cidre et même du vin ! Vers la fin du repas, quand les têtes étaient un peu échauffées, le meunier dit au seigneur :

— Tout le monde, monseigneur, sait bien que vous êtes très fin, et pourtant, je suis content de parier que vous ne ferez pas ce que je ferai, moi.

— Et quoi donc ?

— Tuer ma femme devant vous tous, ici, et la ressusciter ensuite, en jouant d'un violon que j'ai là.

— Je parie vingt écus que tu ne feras pas cela.

— Vingt écus que je le ferai !

— Eh bien, voyons ! dit tout le monde, puisque le seigneur tient le pari.

Et le meunier de prendre un couteau, de sauter sur sa femme et de faire semblant de lui couper le cou. Mais il ne coupa qu'un boyau rempli de sang qu'il lui avait mis autour du cou. Le seigneur, qui ne connaissait pas le tour, comme les autres, avait horreur en voyant le sang couler. La femme tomba à terre, comme si elle était complètement morte. Le meunier prit alors son violon, et se mit à en jouer. Et aussitôt sa femme de se relever et de danser, comme une affolée. Si bien que le seigneur resta à la regarder, la bouche ouverte.

— Donne-moi ton violon, dit-il au meunier, et je te laisserai le moulin, pendant deux ans, pour rien.

Voilà le marché fait. Et le seigneur de courir à la maison, emportant son violon, et bien content.

— Ma femme, se disait-il à lui-même, en allant, est un peu vieille, et si je peux la rajeunir !...

En arrivant à la maison, il trouva sa femme au lit, bien endormie.

— C'est bon ! se dit-il, comme cela elle ne saura rien.

Il prend un couteau à la cuisine, et coupe le cou à sa femme. Et puis, le voilà de jouer de son violon ! Mais il avait beau en jouer, la pauvre femme ne dansait ni ne bougeait ; elle était bien morte !

— Quel sot homme que ce meunier ! se disait-il. Me faire tuer ma femme, et à présent, j'ai beau jouer du violon, la vie ne revient pas en elle ! Il faut qu'il ait oublié de me dire quelque chose. Je vais, vite, l'entendre de lui.

Il courut au moulin. Quand il y arriva, il vit le meunier en bras de chemise, tenant un fouet à la main et fouettant une grande marmite qui était au milieu de la cour et dans laquelle l'eau bouillait — on venait de l'ôter du feu. Il resta à regarder le meunier, la bouche ouverte, et ne songeant plus à sa femme.

— Que fais-tu donc là, de la sorte, meunier ?

— Je fais bouillir le bouillon, monseigneur. Venez, vite, voir comme il bout.

Le seigneur s'approcha pour regarder dans la marmite et dit :

— Oui, tout de bon ! Et c'est avec ton fouet que tu le fais bouillir ainsi ?

— Oui, sûrement, monseigneur ; le bois est cher et serait trop dispendieux pour moi.

— Tu dis assez vrai. Cède-moi ton fouet, et je te laisserai le moulin deux autres années pour rien.

— Puisque c'est vous, monseigneur, le voilà.

Et le seigneur retourna à la maison avec le fouet, et, en revenant, il se disait à lui-même :

— À présent, je ferai abattre le bois sur toutes mes terres, et j'en aurai beaucoup d'argent…

Et il vendit tout le bois sur ses terres…

— Seigneur, je n'ai plus un seul morceau de bois, ni de fagots. Comment ferai-je, à présent, pour préparer la nourriture ? lui dit la cuisinière, un samedi soir.

— Je saurai bien comment faire, cuisinière ; n'ayez pas d'inquiétude à ce sujet.

Le lendemain matin, qui était un dimanche, le seigneur dit à tous les gens de sa maison, valets et servantes, d'aller à la grand-messe, à l'exception de Grand-Jean, son premier valet, qui resterait avec lui à la maison.

— Et le dîner, qui le préparera ? demanda la cuisinière.

— N'ayez pas d'inquiétude à ce sujet, et partez tous, puisque je vous le dis.

Les voilà donc partis tous pour le bourg. Le seigneur dit alors à Grand-Jean d'apporter la grande marmite au milieu de la cour, et de la remplir d'eau. Puis il mit du lard, de la viande salée, des choux, des navets, du sel, du poivre, enfin tout ce qui est nécessaire pour faire du bon bouillon. Alors il ôta sa veste, prit le fouet du meunier, et de fouetter la marmite ! Mais il avait beau frapper, l'eau restait froide.

— Que faites-vous aussi, monseigneur ? demanda Grand-Jean étonné.

— Tais-toi, imbécile, tu le verras tout à l'heure.

Et le voilà de fouetter encore de son mieux. De temps en temps il fourrait son doigt dans la marmite ; l'eau était toujours froide ! Enfin, quand il fut assez fatigué, il s'arrêta et dit :

— Décidément, le meunier, je le crains bien, se moque de moi !

— Oui, il se moque sûrement de vous, monseigneur ! répondit Grand-Jean.

— Eh bien, n'importe ! Il n'y a que la mort pour lui !

— Le bien fouetter avec votre fouet serait suffisant, je pense, monseigneur.

— Non, non, la mort ! Se moquer de moi !... Allons, vite, au moulin ; et apporte un sac, pour qu'il y soit mis et jeté dans l'étang, pour être noyé !

Grand-Jean prit un sac vide sur son épaule, et ils allèrent tous les deux du côté du moulin. Le pauvre meunier est fourré dans le sac, puis chargé sur le cheval du moulin pour être porté à l'étang, qui était à quelque distance. Comme ils y allaient, ils virent venir sur la route un marchand qui allait à la foire de Guingamp, avec trois chevaux chargés de marchandise. Le seigneur eut peur.

— Allons nous cacher derrière le fossé, dit-il, jusqu'à ce que ce marchand soit passé.

Et ils vont par-dessus le fossé dans le champ. Le meunier, dans son sac, fut déposé contre le fossé, au bord de la route. Quand il entendit le bruit que faisaient les chevaux du marchand en passant auprès de lui, il se mit à crier :

— Non, je ne la prendrai pas ! Je ne la prendrai pas !

Le marchand, étonné, s'approcha du sac :

— Tiens ! tiens ! dit-il. Que veut dire ceci ?

L'autre criait toujours :

— Non, je ne la prendrai pas ! Je ne la prendrai pas !

— Tu ne prendras pas qui ? demanda le marchand.

— La fille unique d'un seigneur très riche, très riche, qui a eu un enfant, et que son père veut me faire épouser.

— Et c'est vrai qu'elle est bien riche ?

— Oui, la plus riche de tout le pays.

— Eh bien, moi je suis content de la prendre !

— Alors, venez vite, ici dans le sac, et moi j'en sortirai.

Le marchand se met dans le sac et le meunier serre bien les liens sur lui ; puis celui-ci prend son fouet et se dirige vers Guingamp, avec les trois chevaux chargés de marchandise.

Quand il fut parti, le seigneur et Grand-Jean retournèrent à leur sac.

— Je la prendrai ! Je la prendrai ! criait le marchand dedans.

— Tu prendras qui ? demanda le seigneur.

— Votre fille, monseigneur.

— Ah ! fils de p…, va la chercher, alors, au fond de l'étang !

Et il fut jeté dans l'étang, et depuis, on ne l'a pas revu.

Le seigneur et son valet Grand-Jean allèrent le lendemain à la foire de Guingamp. Comme ils étaient à visiter les belles boutiques qui se trouvaient là, ils furent bien étonnés d'y retrouver aussi le meunier, avec une belle boutique d'orfèvrerie.

— Comment, meunier, lui dit le seigneur, est-ce bien toi qui es là ?

— Oui, sûrement, monseigneur. Vous venez m'achetez quelque chose, sans doute.

— Comment, tu n'es donc pas resté dans l'étang ?

— Comme vous voyez, monseigneur, je ne me trouvais pas bien là. Et pourtant je vous remercie, car c'est de là que j'ai apporté toutes les belles choses que vous voyez ici.

— Vraiment ?

— Comme je vous le dis, monseigneur. Je ne regrette qu'une chose, c'est que vous ne m'ayez pas jeté un peu plus loin ; alors, je serais tombé dans la place où il n'y a que des objets d'or.

— Vraiment ?

— Aussi vrai que je vous le dis, monseigneur.

— Et tout est là encore ?

— Oui, je pense. Mais vous feriez bien de vous hâter, si vous voulez aller voir.

Et le seigneur de s'en retourner à la maison, avec son domestique, et de courir à l'étang ! Grand-Jean sauta le premier dans l'eau, et, comme il était très grand, il levait encore la main hors de l'eau pour demander du secours, car il ne savait pas nager.

— Tiens ! dit le seigneur. Il me fait signe avec la main de sauter plus loin. Sans doute qu'il n'est pas allé jusqu'à l'or.

Et il prit son élan, et sauta le plus loin qu'il put.

Et depuis on n'en a eu aucune nouvelle.

Et voilà le conte du meunier et de son seigneur.

Conté par Barba Tassel,
Plouared, 1868

LA PRINCESSE DU SOLEIL

Bezañ zo bremañ pell amzer,
D'ar c'houlz m'o devoa dent ar yer.
Il y a de cela bien longtemps,
Quand les poules avaient des dents.

Un meunier nommé Ewen Kerepol s'apprêtait un jour à lever la vanne du moulin de Keramborn, lorsque, ayant aperçu dans le bief une anguille énorme, il voulut la frapper avec son levier de fer.

— Holà ! Ewen Kerepol, lui dit l'anguille, garde-toi bien de me faire du mal !

— Comment, anguille, répondit Ewen, vous parlez donc aussi ?

— Oui, car je ne suis pas ce que tu crois.

— Mais qu'êtes-vous donc, je vous prie ?

— Je suis la Princesse du Soleil, qu'un méchant magicien retient, depuis trois cents ans, captive, sous cette forme.

— Je vous plains sincèrement ; mais n'y a-t-il pas moyen de vous délivrer ?

— Si, Ewen, et celui qui me rendrait ce service, je le récompenserais bien.

— Dites-moi, je vous prie, ce qu'il faudrait faire.

— À quoi bon ? Bien d'autres l'ont tenté déjà, des princes, des chevaliers vaillants, et tous ont échoué.

— Dites-le-moi toujours. Je veux le tenter aussi, et peut-être serai-je plus heureux.

— Eh bien ! il faudrait passer trois nuits de suite dans le vieux château abandonné qui est là-haut, sur la colline qui domine l'étang du moulin, et, si tu conserves encore un reste de vie après la troisième nuit tu m'auras délivrée et je reviendrai à ma forme première, c'est-à-dire celle d'une belle princesse.

— Eh bien ! je suis décidé à tenter l'aventure, et, Dieu aidant, j'espère réussir.

Le château était inhabité depuis longtemps, et l'on disait que, toutes les nuits, des démons et des sorciers s'y réunissaient et faisaient un vacarme infernal, et personne n'osait en approcher après le coucher du soleil. Ewen Kerepol faisait donc preuve d'un grand courage en affrontant un pareil danger. Mais, dans les contes de veillées du pays, qui se débitent, l'hiver, au coin du feu, il avait souvent entendu parler d'aventures semblables menées à bonne fin par des gens d'humble condition, comme lui, si bien qu'il résolut de tenter l'entreprise.

La nuit venue, Ewen se rendit donc au château, sans en rien dire à personne. Il emportait seulement un pot de cidre et du tabac pour fumer. Point d'armes quelconques. Il alluma du feu dans le foyer de la cuisine, s'installa dans un vieux fauteuil de bois sculpté, et alluma sa pipe. Le plus grand silence régnait autour de lui ; pas le moindre bruit.

— C'est singulier, pensait-il ; est-ce qu'il n'y aura pas de sabbat, cette nuit, parce que j'ai voulu y assister ? Tant mieux, après tout, si j'en suis quitte à si bon marché.

Il devait être déjà minuit, ou bien près, et, comme rien ne remuait dans le château, il se coucha, tout habillé, sur un lit qui était au bas de la cuisine. Mais à peine y était-il entré qu'il vit arriver trois géants qui s'assirent autour d'une table et se mirent à jouer aux cartes. Ils menaient grand bruit et s'accusaient réciproquement de tricher.

Au bout de quelque temps l'un deux se leva brusquement et s'écria :

— Je sens odeur de chrétien ! Ne sentez-vous pas, vous autres ? Il doit y avoir un chrétien caché par ici, quelque part.

Et il alla au lit et vit Ewen.

— Quand je vous le disais ! reprit-il. C'est le meunier du moulin de Keramborn, Ewen Kerepol, qui est ici, dans le lit, venu dans l'intention, sans doute, de surprendre nos secrets et de nous chasser du château. Venez, camarades, et nous allons lui faire passer l'envie de venir nous espionner une autre fois.

Et ils le tirèrent du lit, le jetèrent sur le carreau, entassèrent sur lui des matelas et des paillasses et se mirent à danser dessus, en riant et en chantant. Le pauvre Ewen ne soufflait mot, l'anguille lui ayant recommandé de garder un silence absolu, quoi qu'il entendît ou qu'on lui fît. Mais un coq chanta tout à coup, annonçant le jour, et ils partirent aussitôt, bien persuadés qu'ils avaient étouffé le meunier.

Dès qu'ils furent partis, la Princesse du Soleil vint, si belle et si lumineuse qu'elle éclairait tout autour d'elle, comme le soleil lui-même. Elle retira Ewen de dessous les matelas et les paillasses, et le trouva dans un triste état, mais ayant encore un reste de vie. Elle versa dans sa bouche quelques gouttes d'un petit flacon qui contenait un élixir merveilleux, de l'eau de vie, et il se trouva aussitôt aussi bien portant que jamais.

— Tu en es quitte à bon marché, pour cette fois, lui dit la Princesse, mais demain tu ne t'en tireras pas aussi facilement.

— C'est égal, Princesse, répondit Ewen, je veux aller jusqu'au bout.

— Du courage donc, mon ami, garde toujours le silence, quoi qu'il arrive. Songe à la récompense qui t'attend et aie confiance en moi.

La princesse disparut alors et Ewen revint à son moulin, tout rêveur, et ne dit mot à personne de la manière dont il avait passé la nuit.

La nuit suivante, il se rendit encore au château et se coucha sur le lit, comme la veille, pour attendre. Les trois géants vinrent encore par la cheminée et se mirent à jouer aux cartes, bruyamment et en se disputant. Ils ne pensaient plus à Ewen, qu'ils croyaient avoir étouffé sous les matelas, mais le Diable Boiteux arriva aussi par la cheminée, avec grand bruit, et dit :

— Comment ? Vous êtes là tranquillement à jouer aux cartes et vous ne vous doutez pas que le meunier est encore à vous guetter, pour surprendre vos secrets, vous chasser de ce château et délivrer la Princesse du Soleil !

— Rassurez-vous, répondirent-ils, nous n'avons plus rien à craindre du meunier, car hier soir, avant de partir, nous l'avons étouffé sous les matelas du lit où il s'était caché.

— Vous croyez ? Dites-moi donc qui est celui-là qui se trouve encore dans le lit ?

Et ils coururent au lit et s'écrièrent, étonnés :

— C'est encore lui ! Comment donc cela peut-il être ? Mais nous allons en finir avec lui, cette fois.

Et ils l'arrachèrent du lit et se le renvoyèrent, comme une balle, d'un bout à l'autre de la cuisine, le lançant parfois au plafond ou contre les dalles du pavé. Le pauvre Ewen ne soufflait mot, quelle que fût sa souffrance.

Le coq chanta, pendant qu'ils étaient occupés à cet exercice ; mais avant de partir, le Diable Boiteux le lança si violemment contre le mur qu'il y resta collé comme une pomme cuite.

Aussitôt après le départ des diables, la Princesse arriva. Un faible reste de vie se trouvait encore dans le corps du meunier. Elle le frotta avec un onguent de sa composition, versa sur lui quelques gouttes de son eau merveilleuse, et il se releva encore, plein de vie et de santé.

— L'épreuve a été rude, mon pauvre ami ! lui dit la Princesse, mais enfin te voilà encore en vie. Tu n'as plus qu'une nuit à passer au château pour être au bout de tes peines et recevoir la récompense que je t'ai promise. Du courage donc, aie confiance en moi et tout ira bien.

— Les princesses enchantées, répondit Ewen, ne sont pas faciles à délivrer, d'après ce que je vois ; mais il n'importe, je ne faillirai point et j'irai jusqu'au bout, quoi qu'il arrive.

La Princesse disparut alors, et Ewen revint à son moulin.

La troisième nuit, les démons le maltraitèrent avec plus d'acharnement que les nuits précédentes, le lançant violemment contre les murs et le pavé de la cuisine, le déchirant avec leurs griffes et piétinant avec rage son corps. Puis, comme il respirait encore, ils le mirent à la broche, l'exposèrent à un grand feu, et, quand ils partirent, au chant du coq, ils pensaient bien en avoir pour le coup fini avec lui.

Quand la Princesse arriva, elle se hâta de le retirer du feu, à demi-cuit, et de chercher en lui quelque reste de vie, quelque faible fût-il. Elle craignait de n'en point trouver la moindre trace. Elle le frotta pourtant avec son onguent, vida sur lui tout un flacon d'eau de vie, et, peu à peu, lentement, elle le vit ressusciter et enfin se relever, aussi bien portant et aussi vigoureux qu'il le fut jamais.

— Victoire ! cria-t-elle alors. Tes épreuves sont terminées et tu m'as délivrée de ces méchants démons qui n'ont plus aucun pouvoir sur moi.

Et elle lui sauta au cou pour l'embrasser, et lui dit :

— À présent, suis-moi, et je vais te récompenser comme tu le mérites.

Et elle le conduisit dans les caves du château et, lui montrant deux barriques :

— Tiens ! voilà une barrique pleine de pièces d'or, toutes neuves, et une autre barrique pleine de pièces d'argent, et je te les donne toutes les deux. Personne ne sera aussi riche que toi, dans le pays, et tu pourras te choisir une femme parmi les plus riches et les plus belles. Es-tu content ?

Ewen remercia la Princesse, et pourtant il ne paraissait pas aussi content qu'elle s'y attendait ; il était même assez triste.

— N'es-tu donc pas satisfait ? lui demanda-t-elle encore. Pourquoi es-tu triste, et que désires-tu encore ?

— Oui, répondit-il, mon cœur est triste.

— Pourquoi ? Dis-le-moi et je t'accorderai ce que tu me demanderas, si c'est en mon pouvoir.

— J'avais espéré, répondit-il, que, après tout ce que j'ai souffert pour vous, ce n'est pas avec de l'or et de l'argent que vous m'en récompenseriez, mais en m'accordant votre main.

— Je n'ai rien à te refuser, répondit-elle en lui tendant la main, pas même cela. Nous sommes fiancés, dès ce moment, et dans dix jours nous célébrerons nos noces, si tu ne m'oublies pas et me restes toujours fidèle. Je te donne donc rendez-vous, dans dix jours, au bourg de Plouared, pour la cérémonie du mariage. Je vais, en attendant, me rendre chez mon père, dans son royaume de Gascogne.

Et elle partit dans un beau carrosse attelé de quatre dromadaires.

Au terme fixé, au bout de dix jours, Ewen se mit en route pour le bourg de Plouared, accompagné seulement de son valet de moulin, Gabig, à qui il avait acheté un habit neuf, et qui devait être son témoin et son garçon d'honneur. À Penn-ar-Menez, sur leur passage, habitait dans une misérable hutte, au bord de la route, une vieille sorcière qui avait une fille, jeune et belle, laquelle était amoureuse de Ewen Kerepol qui était un fort joli garçon. Comme Ewen passait avec son valet, elle était sur le seuil de sa porte, et elle l'interpella de la sorte :

— Comme vous voilà farauds, les gars ! Où donc allez-vous ainsi ? On dirait que vous allez à une noce.

— Peut-être bien, répondit Ewen, sans s'arrêter.

— Vous êtes donc bien pressés ? Conte-moi un peu quel est ce mariage.

— Nous craignons d'être en retard et ne pouvons nous arrêter, pour le moment.

— Eh bien ! prends au moins cette belle pomme de mon jardin.

Et la vieille lui présenta une belle pomme rouge. Il la prit et la mit dans sa poche, puis il continua sa route, avec son compagnon. Le temps était chaud, et, comme ils arrivaient au Rubezenn, Ewen eut soif et mangea la pomme de la sorcière. Aussitôt il s'endormit si profondément qu'il roula de dessus son cheval dans la douve du chemin. Gabig courut à lui et essaya de le réveiller et de le remettre à cheval. Mais ce fut en vain, rien ne pouvait le réveiller. Voyant cela, Gabig le laissa là avec son cheval qui ne l'abandonna pas, et alla seul au rendez-vous. Au coup de dix heures, la Princesse arriva sur la place du bourg, dans son beau carrosse doré attelé de quatre dromadaires, et belle et brillante comme le soleil.

— Où donc est Ewen Kerepol ? demanda-t-elle à Gabig.

— Hélas, Princesse ! répondit-il. Il s'est endormi en route, et si profondément que tous mes efforts pour le réveiller ont été en pure perte.

La Princesse soupira et dit, en présentant un mouchoir au valet :

— Voici un mouchoir de la couleur des étoiles que vous lui donnerez de ma part, en lui disant de revenir demain, à la même heure, et en lui recommandant de ne parler à personne sur sa route, autrement il lui arrivera encore comme aujourd'hui.

Elle remonta aussitôt dans son carrosse, d'un air mécontent, et partit au galop de ses quatre dromadaires.

Gabig revint rejoindre son maître qui s'éveillait au moment où il arrivait près de lui. Il lui raconta ce qui s'était passé et lui rapporta les paroles de la Princesse. Ewen parut fort contrarié, et ils s'en revinrent, tout tristes, au moulin.

Le lendemain, ils partirent encore, à la même heure, pour se rendre au bourg de Plouared. Comme ils passaient devant l'habitation de la sorcière, celle-ci était encore sur le seuil de sa porte et leur cria :

— Où donc vas-tu de la sorte, Ewen Kerepol ? Est-ce encore à la noce ?

— Cela ne vous regarde pas, vieille sorcière, lui répondit Ewen avec humeur.

— Comme tu es peu aimable, aujourd'hui. Écoute-moi donc un peu, j'ai quelque chose à te dire.

Et elle s'approcha de lui, et, sans qu'il s'en aperçût, elle lui glissa une nouvelle pomme dans sa poche. Le temps était encore chaud, et, en passant au Rubezenn, Ewen, ayant mis la main dans la poche de sa veste et, y trouvant une pomme, la mangea, sans songer à son aventure de la veille. Et il fut encore pris d'un sommeil irrésistible et roula à bas de son cheval. Gabig fit, comme la veille, de vains efforts pour le réveiller et se décida à se rendre encore seul au rendez-vous.

— Où est Ewen Kerepol ? lui demanda la Princesse en arrivant dans son carrosse doré attelé de quatre dromadaires.

— Hélas, Princesse ! répondit-il d'un air confus, il lui est arrivé comme hier. Il s'est endormi si profondément que je n'ai pu le réveiller.

La Princesse poussa un grand soupir et dit, en présentant au valet un second mouchoir, de la couleur de la lune :

— Voici un mouchoir, de la couleur de la lune, que vous lui donnerez, en lui disant de revenir demain, à la même heure, et en lui recommandant, de ma part, de se bien surveiller, de ne parler à personne et de ne rien accepter de qui que ce soit, sur sa route, car c'est le dernier rendez-vous, et, s'il y manquait, il ne me reverrait plus jamais.

Puis, elle remonta dans son carrosse, d'un air fort mécontent, et partit au galop de ses quatre dromadaires. Gabig alla, de son côté, rejoindre son maître qui venait de se réveiller et manifesta un grand chagrin d'avoir encore manqué son rendez-vous.

Le lendemain, le meunier et son compagnon se remirent en route, pour la troisième et dernière fois. La sorcière était encore sur le seuil de sa porte, quand ils passèrent à Penn-ar-Menez, et les interpella de nouveau :

— Hé, mes mignons ! Vous allez donc encore à la noce aujourd'hui, que vous êtes si farauds ?

Ewen et Gabig ne répondirent pas et pressèrent la marche de leurs chevaux. Mais la sorcière courut après eux et réussit encore à introduire une pomme dans la poche de la veste d'Ewen, sans qu'il en sût rien. Il mangea cette pomme, comme les autres, en arrivant au Rubezenn, s'endormit aussitôt, roula de dessus son cheval dans la douve du chemin, et Gabig dut encore aller seul au rendez-vous.

— Encore seul ! Où est ton maître ? lui demanda la Princesse en l'abordant.

— Il s'est encore endormi, répondit Gabig d'un air confus, et je n'ai pas pu le réveiller.

— Ah ! le malheureux ! s'écria la Princesse avec un profond soupir. Tiens ! voilà un troisième mouchoir, de la couleur du soleil, que tu lui donneras de ma part, en lui disant que je suis désormais perdue pour lui et qu'il ne me reverra plus.

Et elle lui donna un troisième mouchoir, remonta dans son carrosse, d'un air courroucé, et partit au galop de ses quatre dromadaires.

Gabig retourna alors auprès de son maître qui se réveillait au moment où il arriva, lui remit le mouchoir de la couleur du soleil et lui rapporta les paroles de la Princesse. Il pleura, donna des signes d'un grand désespoir, puis il dit :

— Non ! je ne puis me résigner à ne plus la revoir ; je vais partir à sa recherche, et je ne cesserai de marcher, jour et nuit, jusqu'à ce que je l'aie retrouvée.

Il se rendit au vieux château d'où il avait chassé les diables, remplit ses poches d'or et d'argent et partit.

Celui qui donne volontiers
A des amis en tous quartiers :
Mais celui qui jamais ne donne
Ne peut être aimé de personne.

Partout où il passait, il donnait généreusement, et il était le bienvenu et recevait maints bons conseils.

Marche aujourd'hui, marche demain,
Il fait ainsi bien du chemin.

Il va, il va, au hasard, sans direction, mais plein de courage et ferme dans sa résolution. Il arriva enfin à une longue avenue de vieux chênes, au milieu d'une forêt, et demanda à un vieillard qu'il trouva à l'entrée de l'avenue :

— Où conduit cette avenue, grand-père ?

— Il y a près de cent ans, répondit le vieillard, que j'habite ici, et je ne suis jamais allé jusqu'à l'autre extrémité de l'avenue, et je ne puis vous dire où elle conduit ; tout ce que j'en sais, c'est qu'elle est très longue.

— Quelque longue qu'elle puisse être, répondit Ewen, elle doit avoir une fin et conduire quelque part, et c'est ce que je veux savoir.

Et il s'engagea résolument dans l'avenue.

Il marche, il marche et entend des deux côtés les cris et les rugissements et les hurlements de toutes sortes de bêtes fauves.

— Je ne sortirai sans doute jamais en vie de cette avenue, pensait-il.

Mais il continue de marcher, et, au bout de deux jours et deux nuits, il arrive enfin à l'extrémité de l'avenue. Là se trouvait non un château, comme il s'y attendait, mais une véritable hutte de branchages et de mottes de terre. Il y entra et y trouva un vieil ermite à longue barbe blanche.

— Bonjour, père ermite, lui dit-il.

— Bonjour, mon fils, répondit le vieillard. En quoi puis-je vous être utile ?

— Je cherche le château de la Princesse du Soleil, mon père, et, si vous pouviez m'indiquer le bon chemin pour y arriver, vous me rendriez un grand service.

— Voici cinquante ans que je vis ici, dans la solitude, n'ayant d'autre société que celle des loups et autres animaux de la forêt, et jamais, jusqu'aujourd'hui, je n'avais reçu la visite d'un être humain. J'ignore où se trouve le château de la Princesse du Soleil, mais je suis maître sur tous les animaux de la forêt, dont quelques-uns voyagent souvent au loin. Je vais appeler les loups ; peut-être pourront-ils nous dire où est le château de la Princesse du Soleil.

Et il prit sa trompe, monta sur un rocher élevé, et sonna en se tournant vers les quatre points cardinaux, et les loups d'accourir aussitôt de tous les côtés. Il y en avait de toutes les dimensions et de tout âge. Quelques-uns étaient si vieux qu'ils en étaient tout blancs. Quand ils furent tous arrivés, l'ermite leur dit :

— Je vous ai appelés pour vous demander si quelqu'un de vous sait où se trouve le château de la Princesse du Soleil.

Aucun d'eux ne connaissait le château de la Princesse. Ils avaient seulement entendu dire qu'elle avait été captive dans le vieux château qui domine l'étang du moulin de Keramborn.

L'ermite les congédia et dit à Ewen :

— J'ai un frère, ermite comme moi, qui habite aussi la forêt, à une journée de marche d'ici. Celui-là est maître de tous les oiseaux du bois, grands et petits, et, comme on va ordinairement plus loin et plus facilement avec des ailes qu'à quatre pattes, peut-être pourra-t-il vous renseigner mieux que moi. Je vais vous donner une boule d'or, qui roulera devant vous et vous conduira tout droit jusqu'à lui. Mon frère connaîtra, à ce signe, que vous venez de ma part, et il s'empressera de vous rendre service, s'il est en son pouvoir de le faire.

Et l'ermite de lui donner une boule d'or. Il le remercia, prit congé de lui et se remit en route, à la suite de sa boule, qui roulait devant lui, jusqu'au moment où elle alla heurter la porte du second ermite.

— Salut à toi, boule de mon frère, lui dit le solitaire ; quelle nouvelle m'apportes-tu de sa part ?

— C'est moi, mon père ermite, répondit Ewen, qui suis la nouvelle qu'elle vous apporte.

— Et que puis-je pour votre service, mon fils ?

— Je voyage depuis longtemps, mon père, à la recherche du château de la Princesse du Soleil, et votre frère m'a dit que vous pourriez, sans doute, me mettre sur la bonne voie pour y arriver.

— Je ne sais pas où se trouve le château de la Princesse du Soleil, mon fils, mais je suis maître sur tous les oiseaux de la forêt, petits et grands, et quelqu'un d'eux pourra, je pense, nous en donner des nouvelles. Je vais les réunir à l'instant.

Et il monta sur une colline, près de son ermitage, et souffla par quatre fois dans un beau sifflet d'argent. Aussitôt des nuées d'oiseaux de toutes sortes arrivèrent.

— Êtes-vous tous là ? leur demanda le vieillard.

— Oui, répondit un vieux corbeau, à l'exception de l'aigle.

— L'aigle est toujours en retard quand je vous appelle ; il est sans doute bien loin, mais il finira par arriver aussi. Quelqu'un de vous sait-il où est le château de la Princesse du Soleil ?

Comme personne ne répondait, le vieux corbeau dit :

— J'ignore où est le château ; je sais seulement qu'elle a été captive dans le vieux château qui domine l'étang du moulin de Keramborn.

En ce moment arriva aussi l'aigle.

— Toi, aigle, lui dit l'ermite d'un ton mécontent, tu arrives toujours en retard, quand je veux vous réunir. Où étais-tu encore resté ?

— J'étais, répondit l'aigle, au château de la Princesse du Soleil, et, comme on fait les préparatifs de son mariage avec le fils du roi de Portugal, on a tué un grand nombre de bœufs, de vaches, de porcs, de moutons, et je m'y trouvais bien, car je savais prélever ma large part sur tout cela.

— Oui, tu es le plus gourmand de tous les oiseaux, nous le savons, et tu ne songes qu'à ton ventre. Mais tu sais alors où se trouve le château de la Princesse du Soleil ?

— Oui, je sais où il se trouve.

— Alors, il faut que tu y portes, sur ton dos, cet homme, — et l'ermite lui montrait Ewen —, et que tu l'y rendes promptement et sain et sauf.

— Je le veux bien, répondit-il, à la condition qu'on me fournira à manger, à discrétion, car c'est loin d'ici.

— On te fournira à manger, glouton ; dis-nous ce qu'il te faut de provisions.

— Il me faudra au moins douze moutons.

— Où pourrait-on se procurer douze moutons ? demanda Ewen à l'ermite.

— Je pense, répondit celui-ci, qu'on les trouvera chez un seigneur qui habite dans le voisinage, et qui a beaucoup de bétail.

Ewen se rendit, avec l'ermite, chez le seigneur en question, et, en payant bien, on leur livra douze moutons.

Le lendemain matin, l'on chargea les moutons sur le dos de l'aigle ; Ewen monta sur le tout, puis l'oiseau s'enleva assez péniblement d'abord, et partit. Rien ne l'arrêtait, il passait par-dessus les forêts, les fleuves, les montagnes les plus élevées ; ils franchirent la mer blanche, la mer noire, la mer rouge, et arrivèrent enfin au terme de leur voyage, au château de la Princesse du Soleil. L'aigle déposa Ewen à terre, sain et sauf, comme il l'avait promis, et lui dit, avant de s'en retourner, qu'il se tenait à sa disposition, s'il avait encore besoin de ses services.

Ewen descendit dans le meilleur hôtel de la ville qui s'était formée à l'ombre du château, et demanda les nouvelles du pays.

— Il faut que vous veniez de bien loin, lui répondit-on, pour ne pas connaître la nouvelle qui met toute notre ville sens dessus dessous et nous comble tous de joie.

— Je viens, en effet, de loin ; mais quelle est donc cette nouvelle, je vous prie ?

— Le mariage de la Princesse du Soleil avec le fils du roi de Portugal, qui sera célébré demain.

— Ah ! vraiment ? Cette nouvelle me comble moi-même de joie, car je suis marchand d'objets précieux, et ce sera, sans doute, pour moi, l'occasion de gagner quelque argent.

Le lendemain, Ewen va se placer près du porche de l'église. À dix heures, arrive le cortège pour la cérémonie religieuse, avec le roi, la reine et les deux fiancés en tête, suivis de toute la cour. Ewen étale son mouchoir de la couleur des étoiles, et tout le monde l'admire. La Princesse a reconnu son mouchoir aussi et l'homme qui le tient, et elle dit :

— Il faut que j'aie ce mouchoir, avant d'entrer dans l'église !

Elle envoie sa femme de chambre pour acheter le mouchoir.

— Combien votre mouchoir, marchand ? demande-t-elle.

— Je ne le donnerai ni pour argent ni pour or, répondit Ewen.

— C'est la Princesse du Soleil qui m'envoie, reprit la chambrière ; demandez ce que vous voudrez et vous l'obtiendrez.

— Je vous répète que je n'en veux ni argent ni or.

— Que voulez-vous donc ? Dites promptement.

— Je veux seulement que la Princesse me permettre de baiser son pied gauche.

— Ne plaisantez pas, je vous prie, et dites-moi votre prix.

— Je ne plaisante pas, et je vous prie de rapporter ma réponse à votre maîtresse.

La femme de chambre retourna auprès de la Princesse et lui fit connaître la réponse du marchand.

— Quelle singulière fantaisie ! répondit-elle.

— Dites à cet homme, répondit le roi, de venir au château après la cérémonie, et l'on s'arrangera avec lui.

— Non, dit la Princesse, je n'entrerai pas dans l'église avant qu'on m'ait livré le mouchoir.

Et, comme elle s'obstinait, malgré les instances de son père, de sa mère et de son fiancé, la cérémonie fut remise au lendemain et le cortège rentra au château. Le marchand fut alors introduit dans la chambre de la Princesse, qui lui donna son pied gauche à baiser, en échange du mouchoir de la couleur des étoiles.

Puis on se mit à table, dans un banquet magnifique, et l'on mangea et but gaiement.

Le lendemain matin, vers dix heures, le cortège se mit de nouveau en marche pour se rendre à l'église. Le marchand se tenait encore sur son passage, près du porche, étalant un autre mouchoir, celui de la couleur de la lune. Quand la Princesse le vit, elle voulut encore l'avoir, et elle envoya sa chambrière pour l'acheter, et le même colloque que la veille s'engagea entre eux. Le marchand demandait, cette fois, à baiser le pied droit de la Princesse, et il n'en démordait pas. L'on rentra donc encore au château, sans avoir été à l'église, et la cérémonie fut encore renvoyée au lendemain. Le marchand fut de nouveau introduit dans la chambre de la Princesse, il baisa son pied droit et lui livra le mouchoir de la couleur de la lune. Puis, on se mit à table et l'on mangea, l'on but, l'on rit et chanta et conta des histoires plaisantes, jusqu'à la nuit.

Le lendemain matin, le cortège prit le chemin de l'église pour la troisième fois. Le marchand était encore à son poste, étalant, cette fois, le mouchoir de la couleur du soleil, qui était si brillant, si lumineux, qu'il éblouissait les yeux, comme le soleil lui-même. La Princesse dit encore qu'il lui fallait ce mouchoir, avant d'entrer dans l'église, et elle envoya de nouveau sa chambrière vers le marchand. Elle rapporta cette réponse, que l'homme au mouchoir demandait, cette fois, à baiser la main de la Princesse.

La cérémonie fut remise au lendemain, pour la troisième fois, et l'on rentra au château. Le vieux roi était mécontent et disait qu'il était temps que cela finît. Le marchand fut encore introduit dans la chambre de la Princesse, baisa sa main, après quoi l'on se mit encore à table. Mais, cette fois, la Princesse retint Ewen et voulut qu'il prît part au festin avec les autres convives.

Vers la fin du repas, comme tout le monde était gai et qu'on riait et chantait et racontait les exploits les plus étonnants, la Princesse prit la parole et, s'adressant au roi de Portugal :

— Comment récompenseriez-vous, Sire, un homme qui, par trois fois, aurait risqué sa vie pour vous et vous aurait sauvé des plus grands dangers ou délivré de captivité ?

— Aucune récompense, répondit le roi, ne serait au-dessus des mérites d'un tel homme, et je lui accorderais tout ce qu'il me demanderait.

— Eh bien ! il y a ici présent un homme qui a, trois fois, exposé sa vie pour moi et m'a délivrée de méchants démons qui me retenaient captive, sous la forme d'une anguille, que m'avait imposée un puissant magicien.

Et, montrant Ewen du doigt :

— Le voilà, cet homme, et c'est lui qui sera mon époux, et non votre fils, qui n'a jamais rien fait pour moi.

Grand fut l'étonnement de tous les convives, en entendant ces paroles. Le roi de Portugal, la reine et leur fils, plein de confusion se levèrent, quittèrent la salle et montèrent dans leur carrosse, pour retourner en Portugal.

Le lendemain fut célébré, en grande pompe, le mariage de la Princesse du Soleil avec Ewen Kerepol, et il y eut à cette occasion, pendant quinze jours, des festins et des fêtes magnifiques, et depuis je n'ai pas eu de leurs nouvelles.

Conté par Jean Le Quéré,
Plouared, 1891

KADIOU LE TAILLEUR

Kadiou, surnommé Kadiou C'hoeon, était (sauf votre respect) tailleur de son état. Il demeurait au village de Park-an-Itron, en Plouared, à environ un kilomètre du bourg. Chaque matin il allait travailler à la journée, dans les fermes et les manoirs du pays, et comme il n'était pas marié, il vivait aisément de son aiguille.

Un jour, il lui prit fantaisie d'aller à la foire de septembre, sur la montagne de Bre, une des plus belles foires du pays.

Il revêtit donc ses habits du dimanche et se mit gaiement en route.

Après avoir parcouru la foire en tous sens, visité les marchés au bœufs, aux chevaux, aux vaches, aux cochons, et fait sa prière à Monseigneur Saint Herve, dans sa chapelle, sur le sommet de la montagne, il voulut aussi faire un peu le jeune homme bien qu'il eût déjà atteint la quarantaine. Il aimait les femmes du fond de son cœur. Il remarqua, aux abords des danses, une belle jeune fille aux joues rouges comme une pomme d'api, aux cheveux noirs et aux yeux vifs.

— Voilà mon affaire ! se dit-il aussitôt. Je vais lui demander de vouloir bien faire un tour avec moi dans la foire.

La fille ne demandait pas mieux. Après s'être promenés de tous les côtés, et avoir dansé plusieurs rondes et passe-pieds, Kadiou dit à sa danseuse :

— Je veux vous acheter, à présent, ma douce jolie, votre part de foire, pour vous remercier de votre amabilité.

Et Kadiou lui acheta pour un sou d'amandes.

La fille, dépitée du peu de générosité de son cavalier, pensa en elle-même :

— Selon ce que tu me feras, je te ferai aussi, sois tranquille.

Ils firent encore deux ou trois fois le tour de la chapelle, en se tenant par le petit doigt, comme le font les amoureux, après quoi Kadiou dit :

— Le soleil baisse, et il y a loin d'ici à chez moi.

— Venez que je vous paie aussi votre part de foire, lui dit la jeune fille.

Et elle le conduisit devant la boutique d'un mercier ambulant.

— Choisissez là ce qui vous plaira, ajouta-t-elle, à la condition toutefois que cela ne coûte pas plus d'un sou.

Kadiou prit une grande aiguille, puis, saluant la jeune fille :

— À présent, je vous dis au revoir, ma douce jolie, car voilà que le soleil va se coucher, et je demeure loin d'ici.

— Moi aussi, je retourne à la maison, répondit-elle, et, comme vous êtes de Plouared et moi de Louergad, nous suivrons la même route, quelque temps, et vous passerez même au seuil de la maison de mon père, au pied de la montagne.

Ils descendirent la montagne ensemble. La jeune fille, arrivée près de la maison de son père, qui était un vieux manoir délabré, dit à son compagnon :

— Voici la maison de mon père. Entrez un peu, pour allumer votre pipe et pour goûter notre cidre.

Après quelques compliments, Kadiou entra dans la maison. Il y vit un grand vieillard assis dans un grand fauteuil, près du feu, et les jambes étendues sur le foyer ; et ces jambes étaient si longues qu'elles atteignaient jusqu'à l'autre côté du foyer, mais qui était très vaste pourtant. Il resta d'abord immobile d'étonnement ; jamais il n'avait vu rien de semblable.

— Te voilà donc de retour, ma fille chérie ? dit le vieillard quand il entendit ouvrir la porte.

— Oui, mon père, je ne suis pas trop tard, n'est-ce pas ?

— Et, selon ton habitude, tu ne viens pas seule. La bonne petite fille que tu fais ! Nous souperons bien, ce soir, il me semble.

— Non, mon père chéri, ce ne sera pas pour ce soir, mais pour demain matin, à déjeuner.

— Soit, pour demain matin, puisque tu le veux, ma fille ; mais va me prendre ma faux, pour que je le fauche tout de suite, de peur qu'il ne s'échappe pendant la nuit.

— Je vais vous la prendre, mon père.

Kadiou, en entendant cette conversation, était resté immobile comme un pieu de pierre ; mais, la fille ayant ouvert la porte, il se précipita dehors, et de courir !...

— Détache les chiens ! cria le vieillard.

Et la fille détacha les chiens, d'énormes bouledogues qui se mirent à aboyer comme des démons déchaînés.

Heureusement, Kadiou ayant une belle avance, et il courait à travers champs, vers la rivière Leger, se croyant en sûreté s'il parvenait à la mettre entre les chiens et lui. Au moment où il entrait dans l'eau, un des bouledogues happait le fond de sa culotte qui lui resta dans la gueule.

Mais Kadiou était sauvé, car les droits du grand vieillard ne s'étendaient pas sur l'autre bord de la rive.

Le pauvre tailleur était rendu de fatigue et de frayeur. Aussi, en sortant de l'eau, il s'étendit sur l'herbe et s'endormit aussitôt.

Quand il s'éveilla, il faisait nuit noire, et ayant aperçu des tas de foin autour de lui, il se fourra dans un d'eux, pour attendre le matin et n'avoir pas froid.

Peu de temps après, il fut étonné d'entendre prononcer les paroles suivantes auprès du tas de foin où il s'était fourré :

— Voici les meilleurs tas ; emportons celui-ci.

C'étaient des voleurs de foin. Et ils commencèrent à défaire le tas, avec des fourches de fer, pour l'emporter. Le pauvre Kadiou était on ne peut plus embarrassé.

— Si je reste ici, se disait-il, ils vont me blesser avec leurs fourches de fer, et si j'essaie de fuir, ils m'attraperont certainement, et me tueront peut-être, pour être sûrs que je ne les dénoncerai pas. Que faire, mon Dieu ?

En ce moment, il sentit le fer froid d'une fourche qui lui effleurait la cuisse droite, et il sortit de se cachette et se mit à courir. Mais, hélas ! il fut vite pris.

— Tiens ! tiens ! s'écrièrent les voleurs en le reconnaissant. C'est Kadiou le tailleur ! Que ferons-nous de lui ?

— Le tuer tout de suite, pour qu'il ne nous dénonce pas, dit quelqu'un.

— Non, dit un autre, nous pourrions nous débarrasser facilement de lui, sans charger notre conscience d'un si grand crime.

— Comment cela ?

— Voici : étendons-le sur le dos, fixons à terre chacun de ses quatre membres au moyen de crampons de bois, puis abandonnons-le aux loups à dévorer ; vous pouvez être sûrs qu'ils ne tarderont pas à arriver, et c'en sera fait de lui promptement.

— C'est vrai, faisons ainsi, dirent les autres.

Le pauvre Kadiou avait beau pleurer et supplier, jurant sur son salut de ne jamais rien révéler de ce qu'il avait vu cette nuit, on ne l'écoutait pas. Les voleurs le clouèrent à terre, comme ils l'avaient dit, puis ils s'en allèrent en emportant le foin.

Tôt après, une louve arriva dans la prairie. Elle s'approcha de

Kadiou, le flaira, s'assit ensuite sur sa poitrine, et se mit à hurler pour appeler ses petits.

— Mon Dieu, c'en est fait de moi, pensa Kadiou.

Sentant alors la queue de la louve sur son visage, il la mordit. La louve poussa un cri et voulut fuir. Mais Kadiou serrait de toutes ses forces et ne lâchait pas, si bien que l'animal, en se démenant, finit par arracher de terre les crampons qui retenaient le tailleur. Alors, il lâcha prise, et la louve partit sans lui faire de mal.

Kadiou s'empressa de quitter aussi cette prairie de malheur, et il arriva sans tarder près d'une maisonnette d'argile couverte de chaume. Il frappa à la porte et, personne ne répondant, il poussa la claie d'osier et de genêt qui bouchait l'huis de l'habitation. Elle céda facilement, et il aperçut au fond de l'habitation une petite vieille barbue, aux dents longues et noires, qui était occupée à faire des crêpes.

— Bonsoir, grand-mère, lui dit-il.

— Que cherchez-vous, mon fils ? répondit la vieille.

— Un abri jusqu'au jour, si vous aviez cette bonté.

— Ici, mon enfant, on ne reçoit jamais de chrétiens. J'ai trois fils géants, qui vont arriver à la maison sans tarder, près de mourir de faim, et s'ils te rencontraient dans ma maison ils te dévoreraient sûrement.

— Vous m'effrayez, grand-mère, et pourtant, où aller attendre le jour ? Si vous saviez tout ce qui m'est arrivé depuis le coucher du soleil !...

Et il raconta ses aventures.

— J'ai pitié de toi, mon enfant. Eh bien, rentre ! Je saurai m'arranger de manière à ce que mes fils ne te fassent pas de mal. Je leur dirai que tu es mon neveu et leur cousin, un fils de mon frère. Mange des crêpes en attendant.

Et Kadiou se mit à manger des crêpes. Mais bientôt il entendit un grand bruit dans la cheminée, et comme des cris de hibou :

— Hou ! hou ! hou !...

— Qu'est-ce que c'est, grand-mère ? demanda-t-il en tremblant de peur.

— C'est mon fils Janvier qui vient souper.

Et aussitôt descendit par la cheminée dans la chaumière un vieillard à barbe blanche et longue, soufflant dans ses doigts et criant :

— Hou ! hou ! hou !... Je suis près de mourir de faim, mère. Donnez-moi à manger, vite, bien vite !

— Oui, mon fils, voilà de bonnes crêpes, manges-en tant que tu voudras.

Et il se mit à manger. Des monceaux de crêpes disparaissaient dans son ventre, comme dans un gouffre.

Quand sa faim fut un peu calmée, il leva la tête, huma l'air et s'écria :

— Je sens odeur de chrétien et je veux en manger !

— Tais-toi, mon fils, tais-toi, et soupe tranquillement, lui dit la vieille. Tu sais bien qu'il ne vient jamais de chrétien ici.

Janvier engloutit encore quelques douzaines de crêpes, puis il dit de nouveau :

— Je sens odeur de chrétien, mère, et il faut que j'en mange !

Et il se leva pour chercher dans la maison. Kadiou s'était caché sous la table, et il eût voulu être loin de là.

— Assieds-toi là, près du feu, mon fils, et sois bien sage. Le fils de mon frère, ton cousin, est venu me voir, et je pense bien que tu ne vas plus lui faire peur de la sorte, ni parler de le manger. Il s'est caché sous la table et n'ose bouger, en t'entendant faire le sauvage. Je vais te le faire voir ; mais ne lui fais pas de mal, car, je te le répète, c'est mon neveu et ton cousin.

La vieille alors prit Kadiou par la main et le fit sortir de sa cachette, en lui disant :

— Viens, mon enfant, viens que je te présente à ton cousin Janvier, et n'aie pas peur de lui, car il n'est pas aussi méchant qu'il le paraît.

— Si c'est le fils de mon oncle et mon cousin, dit Janvier, je ne lui ferai certainement pas de mal. Pourquoi aussi ne me l'avoir pas dit, tout d'abord ?

Et voilà Kadiou et Janvier amis, comme cousins.

Quelque temps après, arrivèrent, l'un après l'autre, les deux autres fils de la vieille, Février et Mars, tout aussi affamés que Janvier, et aussi désireux de dévorer Kadiou. Leur mère les calma et les trompa de la même manière que Janvier, et les voilà grands amis, tous les quatre, et causant tranquillement, auprès du feu, en attendant le jour.

Cependant Kadiou n'était pas sans inquiétude en la société de semblables cousins, et il ne guettait qu'une occasion de les planter là et de s'en aller.

— Si vous voulez, cousins, leur dit-il, nous jouerons à quelque jeu pour passer le temps.

— Oui, cousin, jouons à quelque jeu pour passer le temps.

— Voulez-vous que je vous apprenne le passé et l'avenir ?

— Oui, cousin, apprends-nous le passé et l'avenir.

Kadiou prit deux gourdins, les posa en croix sur l'aire de la maison, puis il dit :

— Tenez, cousins, asseyez-vous chacun sur un bout de ces bâtons, et ma tante aussi s'assoira sur un bout, comme vous, car il faut être quatre de jeu.

La mère et ses trois fils s'assirent sur les quatre bouts des bâtons.

— C'est bien, dit alors Kadiou. À présent je vais sortir un peu, pour observer les étoiles, et quand je reviendrai je vous apprendrai à connaître le passé et l'avenir. Mais ne bougez pas, et restez comme vous voilà.

Kadiou sortit là-dessus, et de courir vers Plouared !

La vieille et ses fils, ne le voyant pas revenir, finirent par se lasser de cette position.

— Va-t'en, Janvier, lui dire de se hâter, dit la mère à son fils aîné, car je ne veux pas rester ainsi plus longtemps.

Janvier se leva et sortit, mais il eut beau regarder, chercher de tous côtés et appeler à haute voix, pas de cousin Kadiou. Et il revint et il dit :

— Nous sommes joués ! Le drôle a déguerpi ! Mais courons après lui, et si nous l'attrapons, nous lui apprendrons à se moquer de nous.

Et les voilà de partir comme trois démons enragés, hurlant et brisant les arbres et renversant les maisons sur leur passage.

Kadiou, les entendant venir, se dit, saisi de frayeur :

— Les voilà qui arrivent ! Où me cacher ?

Et, remarquant dans un courtil, près d'une maison, des ruches d'abeilles, dont une plus grande que les autres était vide et renversée, il s'introduisit et se cacha dans celle-ci. Les fils de la vieille aimaient, paraît-il, le miel car, à la vue des ruches, ils s'écrièrent "Oh ! les belles ruches !" et cessèrent leur poursuite.

— Emportons-les, ajoutèrent-ils.

Et ils prirent chacun trois ruches. Mars avait celle où se tenait blotti Kadiou.

— C'est moi, les gars, disait-il à ses frères, qui en ai une qui est lourde ! Quel bon miel elle doit contenir !

Cependant Kadiou tira de son étui la grande aiguille que lui avait payée la fille du géant, pour sa part de la foire, et en piqua Mars dans le dos.

— Aïe ! cria celui-ci. Comme ces abeilles piquent !

Kadiou jouait toujours de son aiguillon, tant et si bien que Mars, n'y pouvant plus tenir, jeta sa ruche dans un étang sur la chaussée duquel ils passaient en ce moment. Kadiou faillit être étouffé dans la vase où il s'enfonça. Il parvint cependant à s'en dépêtrer.

Mais il était dans un tel état qu'il lui fallut se dépouiller de tous ses vêtements, jusqu'à sa chemise, pour les laver. Il les étendit sur un buisson, et entra dans l'eau pour pratiquer sur lui-même la même opération. Le meunier du moulin voisin, qui s'était levé de bonne heure pour mettre l'eau sur le moulin, vint à passer à ce moment, et voyant ces vêtements ainsi abandonnés, il les emporta.

Quand Kadiou sortit de l'eau, il se dirigea vers le buisson sur lequel il avait étendu ses vêtements, mais, ne les y retrouvant plus, il fut bien étonné et ne pouvait concevoir qui avait pu les emporter.

Le voilà bien embarrassé de se trouver ainsi tout nu, d'autant plus que le jour allait paraître. Il se mit à courir, espérant pouvoir atteindre sa maison avant que l'on rencontrât sur les routes des artisans et des journaliers se rendant à leur travail.

Il lui fallait traverser la place du bourg. Une vieille femme, Gwiona ar Saoz, ouvrit sa porte et sortit comme il passait. Kadiou se rejeta vivement dans la cour de Youenn Tepaot, le menuisier, et se cacha parmi des planches et autres bois d'œuvre qui se trouvaient là dans un coin.

Il manquait un nouveau saint Crépin dans l'église de Plouared, l'ancien étant tout à fait vermoulu et tombant en poussière. Youenn Tepaot avait été, la veille, au Kervinic'hi, accompagné du recteur, prendre un saint Isidore qui était là, dans un grenier, depuis que la chapelle était tombée en ruines. Le pauvre saint avait perdu son nez et quelques doigts seulement, et Youenn Tepaot avait été chargé par son recteur de les remplacer, de telle sorte que lorsque le vieux saint Isidore, ainsi restauré, aurait été peint à neuf, il ferait un magnifique saint Crépin. Il se leva de bonne heure ce jour-là, et alla chercher du bois dans sa cour pour réparer les pertes du saint. Son étonnement fut grand, vous pouvez le croire, de trouver un homme tout nu parmi son bois. Il eut peur tout d'abord ; puis, se rassurant :

— Qui es-tu et que fais-tu là ?

Pas de réponse. Kadiou ne bougeait pas plus que s'il eût été de bois.

— Jésus ! dit alors Tepaot qui était assez simple d'esprit. C'est peut-être un saint Crépin qui se trouve ici, par la permission de Dieu, pour prendre la place de l'ancien.

Et il alla trouver son recteur et lui dit :

— Quel miracle, monsieur le recteur ! Dieu nous a envoyé un nouveau saint Crépin ! Venez le voir, vite !

Et le recteur suivit le menuisier. Il salua le saint et lui demanda de la part de qui il venait. Pas de réponse. Il le toucha de la main. Il était froid, comme un saint de bois.

— Il n'y a pas à en douter, dit-il alors, c'est certainement un miracle. Il faut faire sonner les cloches pour que les paroissiens accourent et que le nouveau saint soit porté solennellement à l'église.

Et l'on sonna les cloches à toute volée. Les paroissiens accoururent de tous côtés, et Kadiou fut porté triomphalement à l'église et placé dans la niche de saint Crépin.

Le bruit s'en répandit vite par la paroisse, et les paroissiens vinrent en foule pour voir le nouveau saint.

— Oh, le beau saint ! s'écriait tout le monde. Comme il a les yeux clairs ! On le dirait vivant !

Une bonne femme vint avec un cierge allumé, et comme il n'y avait pas là de chandelier, elle plaça son cierge entre les orteils du nouveau saint. Quand le cierge fut presque entièrement consumé, Kadiou, sentant son pied brûler, sauta à bas de sa niche, au grand étonnement des assistants, et s'enfuit en courant hors de l'église. Il traversa le bourg, rapide comme un éclair, disparut, et personne ne sut ce qu'il était devenu.

— Il est remonté au ciel, disaient les uns.

— C'est un diable et non un saint, disaient les autres.

Il était tout bonnement retourné chez lui, sans rencontrer personne sur sa route, et s'était mis au lit.

Tout ceci est vrai, car ma grand-mère a connu Kadiou, surnommé Kadiou C'hoeon, et c'est d'elle que j'ai appris ce conte.

Conté par Barba Tassel,
Plouared, 1868

(Revue des Traditions Populaires, n°1, 1887)

PAYER LE TRIBUT À CÉSAR

Il y avait une fois un roi de France et un roi d'Espagne qui étaient frères l'un de l'autre. Ils avaient chacun un fils, et ils étaient du même âge. On les envoya tous les deux à la même école, et ils étaient grands amis. Quand leurs études furent terminées, ils se séparèrent en pleurant, et se promirent de se revoir, sans tarder. Quelque temps après, le fils du roi de France écrivit donc à son cousin, le fils du roi d'Espagne, de venir le voir à la cour de son père. Le jeune prince obtint la permission de son père, et il vint en France, et les deux cousins furent heureux de se revoir. Tous les jours il y avait des parties de plaisir de toute sorte.

Un jour, le prince français, qui s'appelait Henri, l'invita à aller avec lui voir ses maîtresses.

— Je ne demande pas mieux, répondit le jeune Espagnol qui s'appelait Jean.

Et ils allèrent tous les deux, tout joyeux et exempts de soucis. Mais Jean était si beau garçon que partout où il allait, toutes les femmes devenaient amoureuses de lui. De sorte que Henri fut bientôt jaloux de son cousin. Voyant que ses maîtresses faisaient peu d'attention à lui et ne s'occupaient que de Jean, il était de mauvaise humeur, et il dit brusquement à son cousin :

— Retournons à la maison.

— Nous avons bien le temps, répondit Jean.

— Non, non, allons-nous-en, tout de suite, te dis-je.

— Ma foi ! Va-t'en, si tu veux, pour moi je me trouve bien ici et j'y reste.

Henri partit, en colère, et Jean resta. Il y passa la nuit. Le lendemain matin, Henri envoya douze soldats pour tuer son cousin. Quand les soldats arrivèrent, le jeune prince était à table avec les demoiselles, et l'on riait et l'on chantait. Ils lui firent savoir qu'ils étaient venus le chercher, de la part de son cousin, afin de l'escorter jusqu'au palais, pour qu'il ne lui arrivât pas de mal. Jean, sensible à cette attention de son cousin, se leva aussitôt de table et partit avec les soldats. Comme ils traversaient un bois, ceux-ci tirèrent leurs épées et se précipitèrent sur lui, en disant :

— Le prince Henri nous a donné l'ordre de vous tuer !

Mais Jean se défendit comme un jeune lion, et tua les douze soldats. Puis il retourna auprès des demoiselles, et l'on se remit à boire, à rire et à chanter.

Cependant Henri, étonné de voir que ni son cousin, ni ses soldats, ne revenaient, envoya vingt-cinq autres soldats, le lendemain matin, et leur ordonna, comme à ceux de la veille, de mettre à mort le jeune prince espagnol. Jean traita les vingt-cinq soldats comme les douze autres, et n'en laissa pas un seul en vie.

Henri était furieux de voir que ses soldats ne revenaient pas, ni son cousin davantage, et il se décida à aller lui-même voir ce qui se passait. Il se fit accompagner de douze soldats. Jean feignit d'ignorer la trahison de son cousin, et il le suivit, sans faire de difficulté.

Comme ils traversaient le bois, Henri fit à ses soldats un signe convenu, et aussitôt ils se précipitèrent tous à la fois sur Jean. Mais ils ne savaient à quel homme ils avaient affaire. Le jeune Espagnol massacra encore les douze soldats, et même le prince Henri ; puis il retourna encore auprès des demoiselles, et continua de mener joyeuse vie !

Étonné de voir que ni son fils ni son neveu ne revenaient, le vieux roi envoya, au bout de quelques jours, des seigneurs de sa cour, avec ordre de les lui amener. En passant par le bois, les messagers trouvèrent les cadavres des soldats envoyés précédemment, et parmi eux ils reconnurent celui du prince Henri. Ils se demandaient qui pouvait être l'auteur d'un tel massacre et ne pouvaient en soupçonner le prince espagnol. Ils poursuivirent leur route, tristes et affligés en songeant à la douleur du vieux roi quand il apprendrait la funeste nouvelle. Le prince Jean les suivit, sans opposer aucune résistance, et il leur apprit que c'était lui-même qui avait tué les soldats de son oncle et son cousin aussi, mais que ce n'était qu'en défendant sa propre vie contre eux. Il était désolé de ce qui était arrivé, mais il avait été forcé.

Quand le vieux roi apprit le grand malheur, et en vit l'auteur sous ses yeux, il dégaina sa grande épée pour le tuer sur la place. Mais il se retint en voyant le calme et le sang-froid de son neveu qui ne songeait même pas à se défendre, et il lui dit :

— Eh bien ! je te laisserai la vie, mais à la condition que tu iras payer le tribut à César, puisque tu es un homme si terrible, et nous verrons comment tu te tireras de là.

— J'irai, mon oncle, répondit le jeune prince.

On lui donna un cheval qui faisait cent-vingt lieues à l'heure, et il partit.

— Je ne sais où demeure le roi César, pensait-il, mais avec un pareil cheval je finirai bien par le trouver.

Et il allait, il allait au hasard, sur son cheval, plus rapide que le vent. Sur une lande immense il rencontra une vieille femme qui lui demanda :

— Où allez-vous ainsi, mon fils ?

— Ma foi ! grand-mère, je n'en sais trop rien ! Je suis envoyé par mon oncle, le roi de France, pour payer le tribut au roi César, et je ne sais de quel côté me diriger pour arriver jusqu'à lui.

— Tous les ans je vois passer par ici un messager envoyé pour payer le tribut au roi César, mais je n'en ai jamais vu aucun s'en retourner.

— Pourquoi donc cela, grand-mère ?

— C'est qu'il faut passer par le château d'un grand magicien qui les reçoit bien tous, mais n'en laisse jamais aucun s'en aller.

— Et il n'y aurait pas moyen d'échapper à ce magicien ?

— Peut-être bien que si ; écoutez bien ce que je vais vous dire, faites comme je vous dirai, et vous pourrez lui échapper. Avant d'entrer dans le château du magicien, vous traverserez un cimetière où vous croirez voir le cadavre d'un homme nouvellement tué ; mais ce n'est qu'une statue de marbre. Malgré cela, montrez de la tristesse et ayez l'air de plaindre son sort. Une princesse sera à une fenêtre du château, et elle s'écriera, en vous voyant : "Oh ! le bel homme !" "Il faut le tuer, sur-le-champ !" dira alors le magicien. "Ah ! mon père ! un si bel homme ! Ce serait vraiment dommage !" "Eh bien ! pour te faire plaisir, je consens à le laisser vivre." "Oh ! merci, merci, mon père !" s'écriera alors la fille du magicien. Voilà ce que tu verras et entendras : mais ne t'effraie de rien et aie confiance.

Jean remercia la vieille et continua sa route.

Il arriva, sans tarder, au cimetière dont lui avait parlé la vieille, et, tout auprès, il vit le château tout d'or. Il se mit à se promener dans le cimetière et trouva bientôt la statue de marbre blanc qui représentait un homme assassiné, d'un coup de poignard. On aurait juré que c'était réellement le corps d'un homme d'où la vie venait de se retirer. Il s'arrêta à le considérer, triste et pensif, et dit :

— Ah ! pauvre homme, que je plains ton sort !

La fille du magicien, qui était à une des fenêtres du château, aperçut Jean, et s'écria :

— Oh Dieu ! le bel homme !

— Un chrétien ! s'écria à son tour le magicien. Il faut le faire mourir, tout de suite !

— Ah ! mon père ! Un si bel homme ! Grâce pour lui, je vous en prie !

— Eh bien ! je consens à le laisser vivre, et je vais lui faire dire d'entrer dans le château, pour que nous sachions où il va.

Et un esclave fut envoyé pour prier le prince d'entrer dans le château.

— Où donc allez-vous, jeune homme ? lui demanda le magicien.

— Payer le tribut au roi César, Monseigneur, de la part du roi de France, mon oncle.

— Oui, tous les ans, le roi de France envoie un messager pour payer le tribut au roi César ; tous ils passent par ici, mais aucun d'eux n'est jamais retourné à la maison ; mais vous, si vous voulez épouser ma fille, je vous ferai payer le tribut au roi César, et puis, retourner sans mal auprès de votre oncle le roi de France.

— J'y consens volontiers, et je vous serai même très reconnaissant.

— Eh bien ! le mariage se fera à votre retour ; et à présent, écoutez-moi bien, et ne perdez pas un mot de ce que je vais vous dire. Pour payer le tribut au roi César, il faut le prendre sur son trône, lui arracher la grosse dent de l'œil gauche (la première molaire à gauche), et couper la moitié de sa barbe.

— Tout cela ne doit pas être facile à faire, dit Jean.

— Non, reprit le magicien, mais avec mon aide vous pourrez cependant en venir à bout. Voici des tenailles pour arracher la dent, et un rasoir pour couper la moitié de la barbe de César. Voici encore un sabre avec lequel vous ferez des croix en l'air, en pénétrant dans le château, et tous ceux qui s'y trouveront s'endormiront aussitôt. Puis, voici un chapeau, et quand vous le mettrez sur votre tête et direz : "Par la vertu de mon chapeau, que je sois rendu en tel ou tel lieu !" aussitôt vous vous trouverez dans le lieu où vous souhaiterez d'être. Vous aurez à passer, pour arriver au château du roi César, trois fleuves de plomb fondu, et sur le pont de chacun de ces fleuves, un diable monte la garde, avec ordre de ne laisser passer aucun chrétien. Quand vous arriverez près des ponts, mettez le chapeau sur votre tête, et quand les diables le verront, ils le reconnaîtront et vous laisseront passer, sans vous faire de mal. Après avoir passé les ponts, il vous faudra encore traverser une cour gardée par trois géants. Mais voici une boule d'or, qui vous servira de passeport. Quand vous arriverez à la porte de cette cour, vous frapperez dessus avec la boule d'or : "Qui est là ?" demanderont alors les géants. Et vous répondrez : "Je suis un cousin à vous, et je viens vous voir, et j'ai un beau présent à vous faire." Alors ils vous ouvriront la porte. Dès en entrant, vous leur montrerez la boule d'or, puis, vous la lancerez sur la pente de la montagne, car le château est au sommet d'une montagne, en disant : "À celui qui l'attrapera le premier !" Vous les verrez alors se précipiter à la poursuite de la boule d'or, et vous en profiterez pour passer et continuer votre route. Tôt après, vous arriverez facilement au château du roi César.

Le prince Jean remercia le vieux magicien, puis il partit, muni de tous les objets précieux qu'il avait reçus de lui. Il emmena son bon cheval qui faisait cent-vingt lieues à l'heure.

Il arriva aux trois fleuves de plomb fondu, et les passa sans difficulté, l'un après l'autre, grâce au chapeau magique que les diables gardiens des trois ponts reconnurent dès qu'ils le virent. Il gravit ensuite la montagne sur le sommet de laquelle se trouvait le château des trois géants. Il frappa à la porte de la cour avec sa boule d'or.

— Qui est là ? demandèrent les géants.

— C'est un cousin à vous, qui vient vous voir, et qui vous apporte un beau présent.

La porte s'ouvrit aussitôt. Jean entra alors dans la cour, tenant sa boule d'or à la main.

— Voici mon présent, cousins, dit-il aux trois géants. Pour qui sera-t-il ?

— À moi ! À moi ! À moi ! criaient-ils tous les trois.

— Au plus agile.

Et il lança la boule d'or sur la pente de la montagne ; et les géants de courir après elle. Pour lui, il en profita pour traverser la cour et sortir lestement par la porte opposée à celle par laquelle il était entré.

Il entra alors dans le royaume du roi César. Il continua sa route, monté sur son bon cheval, et finit par arriver à la capitale du royaume. Il trouva facilement le palais du roi, un palais magnifique, qu'il ne pouvait se lasser d'admirer.

— Je voudrais bien savoir quelle heure il est ? demanda-t-il à un marchand sur la porte de sa boutique.

— Il sera bientôt midi, lui répondit le marchand, et le roi César va monter sur son trône.

— C'est à merveille ! pensa-t-il.

Le premier coup de midi sonna en ce moment, et il entra aussitôt dans le palais. Le portier voulut l'arrêter ; mais il se mit à faire des croix en l'air, avec son sabre, et le portier s'endormit sur-le-champ. C'était l'heure du dîner. Jean pénétra jusqu'à la salle où le roi était assis à table, sur un siège doré, entouré de toute sa cour. Il entra en faisant toujours des croix en l'air, avec son sabre, et tout le monde s'endormit. Il courut, vite, au roi César et commença par lui couper la moitié de sa barbe avec le rasoir que lui avait donné le magicien, puis, prenant ses tenailles, il lui enleva la dent de son œil gauche. Comme il se disposait à partir, il aperçut un vilain nègre assis à table, à côté de la fille du roi César, une princesse d'une beauté admirable, et il lui coupa la tête, d'un coup de sabre, et la jeta sous la table. Il sortit alors de la salle, emportant la dent et la moitié de la barbe du roi. Quand il fut dans la cour, il cessa de faire des croix en l'air avec son sabre, et aussitôt tout le monde se réveilla dans le château. Jugez quelle indignation et quelle horreur, dans la salle à manger, quand on vit le roi César sur son trône, ayant perdu la moitié de sa barbe ainsi que la dent de son œil gauche, et le fils du roi des Maures décapité, à côté de la princesse.

— Et qui a pu faire tout cela ? se demandait-on avec frayeur.

Ordre fut donné aussitôt à tous les valets de faire des recherches dans le château et de n'en laisser sortir personne. Jean, qui avait remis son sabre au fourreau et cessé de faire des croix en l'air, fut arrêté et jeté en prison, pour être mis à mort le lendemain matin.

Mais la fille du roi l'avait remarqué ; elle l'avait trouvé beau garçon, et elle s'éprit d'amour pour lui. Au milieu de la nuit, pendant que tout le monde dormait au château, elle se rendit, accompagnée de sa femme de chambre seulement, auprès du prisonnier, et lui parla ainsi :

— Me promettez-vous de m'être fidèle, et je vous sauverai ?

— Je vous le promets, répondit Jean.

— C'est bien. Mon père réunira, demain matin, son conseil, pour avoir son avis sur la manière dont on vous fera mourir. Pendant qu'ils seront réunis, je pénétrerai dans la chambre du conseil, et je donnerai aussi mon avis, et c'est celui qui sera suivi, car mon père n'a rien à me refuser. Je dirai de vous jeter dans un étang, qui est sous les murs du château, pour être mangé par les poissons et les reptiles de toute espèce qui s'y trouvent. Vous savez nager, sans doute ?

— Oui, je suis bon nageur.

— Eh bien ! vous vous cacherez parmi les roseaux et, quand la nuit sera venue, vous sortirez de l'étang, et je me trouverai là pour vous recevoir.

La princesse retourna alors à sa chambre, et Jean resta seul dans sa prison, mais plein d'espoir à présent.

Le lendemain matin, le roi César assembla son conseil pour décider de quelle manière on ferait mourir le prisonnier. Les uns proposaient un supplice, d'autres en proposaient un autre, et l'on ne pouvait tomber d'accord. La princesse entra alors dans la salle du conseil, et dit :

— Comme vous voilà embarrassés, pour si peu de chose ! Jetez-le dans l'étang, sous les murs du château, et il sera mangé là par les poissons et les reptiles de toute sorte qui s'y trouvent en abondance.

— Ma fille a raison, dit le roi, il faut faire comme elle vient de dire.

Et voilà tout le conseil d'accord aussitôt.

Le prince Jean fut donc tiré de prison et on le précipita dans l'étang, du haut des murs du château, et comme, au bout de quelques minutes, on ne le vit pas reparaître, chacun crut que c'en était fait de lui. Mais, comme il était habile nageur, il s'était dirigé, sous l'eau, vers les roseaux qui couvraient le bas de l'étang, et il se tint là caché, jusqu'à la nuit. Quand tout le monde fut couché dans le château, la princesse, accompagnée de sa femme de chambre, se rendit au bord de l'étang et appela Jean. Celui-ci sortit aussitôt du milieu des roseaux, transi de froid, et la princesse l'emmena dans sa chambre où il passa cette nuit et plusieurs autres nuits.

Mais voilà qu'une guerre terrible éclata alors entre le roi César et le roi des Maures, parce que le fils de ce dernier avait été assassiné à la cour de César. Le roi des Maures était un monarque puissant et redouté, et le roi César craignait les résultats de cette guerre, parce qu'il n'avait pas grande confiance dans ses généraux. Il était donc triste et soucieux. Voyant cela, sa fille lui dit, un jour :

— Si vous n'aviez pas fait mourir, mon père, le prince vaillant que vous savez, celui-là vous aurait été bien utile en ce moment.

— Tu as raison, ma fille, mais à quoi sert d'y songer, à présent qu'il est mort ?

— Son sabre et son chapeau sont restés là, et peut-être lui-même n'est-il pas mort, car je présume qu'il savait nager ; je crois même l'avoir vu, hier, passer sous les murs du château.

— Je voudrais bien que cela fût vrai, ma fille.

— Eh bien ! faites-le chercher, dans le bois, et je suis persuadé qu'on l'y retrouvera.

Le roi envoya des soldats pour fouiller le bois en tout sens, et ils y trouvèrent facilement Jean qui s'y était rendu, dès le matin, sur le conseil de la princesse. Ils le conduisirent en la présence de César. Celui-ci lui expliqua son embarras et lui proposa de lui confier le commandement en chef de son armée pour soutenir la guerre contre le roi des Maures. Jean s'empressa d'accepter, comme bien vous le pensez. Il se mit donc en campagne et remporta la victoire sur le roi des Maures, grâce à son sabre merveilleux qui, combattant de lui-même comme un enragé, défit et mit en pièces tous ses soldats. C'était, en effet, un sabre fée. Le roi César, pour reconnaître ce service, lui accorda la main de sa fille, et il y eut alors des noces magnifiques.

Un prétendant à la main de la princesse, indigné de voir qu'un étranger, un aventurier, lui avait été préféré, jura de se venger. Feignant de prendre Jean en amitié, il l'invita un jour à une promenade en mer. Jean s'y rendit, sans défiance, et comme il se penchait sur le bord du bateau, le traître le précipita dans l'eau, pour le noyer. Mais Jean était excellent nageur, comme nous le savons déjà, et il parvint à atteindre le rivage ; mais il y arriva tout nu, et n'osant se présenter en cet état à la cour, il se cacha dans un bois, près de la mer. Il y resta plusieurs jours, vivant de fruits sauvages et de racines d'herbes. Le traître, de retour à la cour, avait répandu le bruit que le prince Jean s'était noyé, par accident, et il recommença à faire la cour à la princesse. Celle-ci l'agréa et, le jour du mariage étant fixé, il y avait de grands préparatifs au château. Des musiciens, en s'y rendant, passèrent par le bois où était le prince Jean, dans un si piteux état. Il les vit, leur conta son histoire, sans dire toutefois qu'il était le mari de la princesse, et les pria de lui permettre de les accompagner, comme musicien, car il savait jouer de la bombarde. Les musiciens eurent pitié de lui, ils lui donnèrent des vêtements et l'emmenèrent comme un confrère.

Depuis la disparition de Jean, son cheval refusait toute nourriture et était d'une grande tristesse. Dès qu'il vit son maître entrer dans la cour du château, il rompit sa chaîne, sortit de son écurie et vint se mettre à genoux devant lui. Tout le monde fut étonné de voir le cheval du prince s'agenouiller ainsi devant un joueur de bombarde, mal vêtu et d'assez mauvaise mine. Mais la princesse, qui était à sa fenêtre, reconnut, à ce signe, son mari, et descendant aussitôt dans la cour, elle se jeta dans ses bras, en s'écriant :

— C'est le prince Jean, mon mari ! Ne le reconnaissez-vous donc pas ?

Et elle lui témoigna beaucoup de joie et de bonheur de le retrouver. Le traître fut jeté en prison, et on devait le faire mourir, le lendemain ; mais Jean, qui avait le cœur bon, obtint sa grâce et on le laissa vivre. C'était un général des armées du roi.

Jean, après une année de séjour au palais du roi César, voulut retourner en France pour prouver à son oncle qu'il avait payé tribut à César. Il partit donc, emportant la dent et la moitié de la barbe du grand empereur, et sans oublier son sabre et son chapeau, et aussi son bon cheval qui faisait cent-vingt lieues à l'heure. Il lui fallut revenir par la même route. Les trois géants dormaient quand il arriva à leur château, et il passa sans obstacle et sans mal. Les trois diables qui veillaient sur les ponts des rivières de plomb fondu le laissèrent aussi passer, et il arriva au lieu où se trouvait le château d'or du grand magicien. Mais à la place du château d'or il fut étonné de ne plus trouver qu'une pauvre hutte de terre et d'argile. Il s'assit sur une pierre, triste et pensif, et vit bientôt venir un vieillard et une jeune fille, chargés de broutilles ramassées dans le bois. Il s'avança vers eux, soulagea le vieillard de son fardeau et lui demanda l'hospitalité pour la nuit.

— Hélas, mon fils ! Nous sommes si pauvres que nous ne pouvons vous recevoir comme vous le méritez ; mais le peu que nous avons, nous le partagerons avec vous de bon cœur.

Tout en marchant vers la pauvre hutte, Jean remarqua que la jeune fille avait un pied d'or !

— Il me semble, dit-il au vieillard, être déjà passé par ici ; mais que de changement, bon Dieu !

— Oh oui ! Il y a bien du changement.

— N'y avait-il donc pas un château d'or à la place où se trouve à présent votre chaumière ?

— Oui, il y avait un château d'or.

— Et qu'est-il donc devenu, et où sont les gens qui l'habitaient ?

— C'est moi et ma fille qui l'habitions. Mais hélas ! le château a disparu et vous voyez quelle est notre détresse !

— Comment tout cela est-il donc arrivé ?

— Un prince étranger passa par ici, il y a quelque temps, envoyé par son oncle, le roi de France, pour payer le tribut au roi César. Ma fille devint amoureuse de lui, et je lui promis sa main et lui donnai, pour mener à bonne fin son entreprise, un sabre, un chapeau et une boule d'or, trois talismans dans lesquels résidait toute ma puissance. Il promit de revenir, pour épouser ma fille et me rendre mes talismans…

— Et il a tenu sa promesse, dit Jean.

Et dégainant son sabre, et mettant le chapeau magique sur sa tête, il prononça ces paroles :

— Par la vertu de mon chapeau, que le château d'or s'élève à la place où il était naguère et que tout se retrouve ici comme devant !

Et aussitôt le château d'or reparut, aussi beau que jamais, et le vieillard et sa fille reconnurent le prince Jean.

Celui-ci épousa alors la fille du magicien et, quelques jours après, il retourna avec elle à Paris pour porter à son oncle la dent avec la moitié de la barbe du roi César, et prouver ainsi qu'il lui avait payé le tribut.

Il partit dans un char que lui donna son beau-père et qui les transporta en un instant en France, à travers les airs.

Le vieux roi fut si content que, pendant un mois entier, il y eut à Paris des fêtes et des festins publics.

Le prince Jean vécut heureux avec la fille du magicien, et quand son oncle mourut, il monta sur le trône et fut roi de France.

Conté par Marguerite Philippe,
de Pluzunet, 1870

(Revue des Traditions Populaires, tome II, n°8, 1877)

YANNIG AUX DEUX SOUS

Selaouit hag e klevfet ;
Mar karet e kredfet,
Mar karet ne gredfet ket,
Setu 'r pezh am eus da lâret.
Écoutez et vous entendrez,
Si vous voulez, vous croirez,
Si vous voulez, vous ne croirez pas,
Voici ce que j'ai à vous dire :

Il y avait, une fois, dans la paroisse de Ploubêr, près de Lannion, un jeune garçon resté sans père ni mère et qui vivait d'aumônes en allant tous les jours mendier de porte en porte.

Un jour, un monsieur qui passait le rencontra sur la grand-route et lui donna deux sous. Il en fut si heureux et se crut si riche, n'ayant jamais possédé tant d'argent, qu'il courut en ville et se mit à crier par les rues :

— J'ai deux sous ! J'ai deux sous !...

Et il riait et dansait de joie. Le pauvre garçon ne s'était pas trouvé des premiers au marché de l'esprit, mais bien à celui des grandes bouches (des imbéciles) comme on dit communément. Comme ses vêtements étaient tout en loques, il voulut en avoir de nouveaux ; il entra chez un marchand de drap et demanda de quoi faire un habit neuf et une culotte et un gilet.

— Avez-vous de l'argent, mon garçon ? lui demanda le marchand.

— Oui, voyez ! répondit-il en montrant ses deux sous.

— Allez-vous-en, Yannig aux deux sous ! lui dit le marchand en lui montrant la porte.

Et depuis on ne l'appela plus que Yannig aux deux sous.

Il se rendit sur le quai et y trouva des enfants de son âge qui jouaient à la galoche. Il voulut jouer avec eux et eut bien vite perdu ses deux sous. Il se mit alors à pleurer comme un veau et prêta à rire aux camarades. Le soir vint et il retourna à la campagne chercher à souper et à loger. Comme il montait la côte de Buzulzo pour se rendre à Ploubêr, il s'arrêta pour boire de l'eau à une fontaine, au bord de la route, s'endormit et y passa la nuit.

Le lendemain matin, à son réveil, il voulut encore boire, et comme il se penchait sur le bassin, il remarqua un énorme crapaud au fond, et il recula d'horreur. Alors, le crapaud, prenant la parole comme un chrétien, lui parla de la sorte :

—N'aie pas peur, mon garçon, et viens m'embrasser.

Le crapaud était monté sur la margelle de la fontaine.

— Vous embrasser ?... Je n'embrasserai pas un crapaud, répondit Yannig.

— Embrasse-moi, te dis-je, et je te donnerai de l'argent et de l'or, plein tes poches.

— Vraiment, vous me donnerez de l'argent et de l'or, plein mes poches ?

— Oui, vraiment, et tu pourras t'acheter un habit neuf et du pain blanc et des pommes et avoir de l'argent pour jouer à la galoche avec les camarades tant que tu voudras.

Yannig ne put résister à de si belles promesses et il s'avança résolument vers le crapaud et l'embrassa.

— Et l'argent et l'or, où sont-ils ? demanda-t-il aussitôt.

— Déplace la pierre moussue que voilà, près de l'eau, et tu trouveras dessous tout ce que je t'ai promis ; puis reviens ici, demain, à la même heure, et tu en trouveras autant, à la même place.

Le crapaud redescendit aussitôt au fond de l'eau, et Yannig, ayant déplacé la pierre moussue, trouva dessous un tas de pièces d'argent et d'or, toutes neuves. Il en remplit ses poches et retourna en ville. Partout où il passait il criait :

— Moi j'ai de l'or et de l'argent plein mes poches. Voyez ! Voyez !...

Et il montrait des poignées de belles pièces d'or et d'argent. Les gamins et les polissons de la ville s'amassèrent autour de lui, et bientôt tout son argent et son or eut passé de ses poches dans les leurs.

Le pauvre garçon retourna en pleurant auprès de la fontaine de Buzulzo, et y passa encore la nuit.

Le lendemain matin, au lever du soleil, il regarda dans le bassin et y vit encore le crapaud, mais plus grand et plus hideux que la veille.

— Bonjour Yannig, lui dit l'animal ; te voilà revenu ?

— Oui, répondit Yannig. Les gamins de la ville m'ont enlevé tout mon or et mon argent, et je n'ai plus le sou.

— Ne t'inquiète pas. Viens m'embrasser de nouveau, et tu auras encore de l'or et de l'argent, plein tes poches.

Yannig s'avança pour embrasser le crapaud qui était encore monté sur la margelle de la fontaine. Mais l'animal était si hideux et si gonflé de venin que son cœur se souleva d'horreur et il manqua de courage.

— N'aie pas peur, mon enfant, lui dit le crapaud. Embrasse-moi, comme hier, et tu auras de l'or et de l'argent, à discrétion.

Il lui donna un second baiser. Le crapaud lui dit de revenir le lendemain et lui désigna une seconde cachette où il trouva encore un tas de pièces d'or et d'argent. Il en remplit ses poches et retourna vite à la ville où il fut encore dépouillé et volé, comme la veille.

Il revint, le soir, à la fontaine et y passa la nuit, pour la troisième fois. Le lendemain matin, il vit que le crapaud était devenu si grand qu'il remplissait presque le bassin. Il l'embrassa encore et le vit se changer en une belle princesse aussitôt qu'il eût reçu ce troisième baiser.

— Ma bénédiction sur toi, Yannig ! dit la princesse. Tu as rompu le charme. Depuis nombre d'années j'étais enchantée sous la forme hideuse que tu as vue, et je devais rester en cet état jusqu'à ce que j'eusse trouvé un jeune homme vierge et âgé de vingt ans (Yannig avait alors vingt ans) qui consentît à me donner trois baisers. Je suis la fille d'un roi puissant de l'Orient, et tu seras mon mari, et, après la mort de mon père, tu monteras sur son trône et régneras sur ses sujets. Je vais retourner chez mon père ; au bout d'un an et un jour, retrouve-toi ici, à huit heures du matin, auprès de cette fontaine, seul et à jeun, et je viendrai te rejoindre, et tu m'accompagneras chez mon père. Mais, n'embrasse aucune femme d'ici là, et sois bien à jeun quand tu viendras ici ; autrement tu ne me reverras plus. Prends de l'or et de l'argent, à discrétion, et ne m'oublie pas.

Yannig remplit encore ses poches d'or et d'argent. La princesse fit ses adieux et s'éleva en l'air, comme sur des ailes, et il la perdit bientôt de vue.

Il retourna alors en ville et donna, cette fois, son or et son argent à garder à l'hôtesse des "Quatre Fils Aymon", pour ne pas être volé, comme les jours précédents. Dans cet hôtel il y avait une jeune servante, nommée Annetig, qui convoitait Yannig pour mari, bien qu'il fût pauvre d'esprit et l'objet des plaisanteries et des méchants tours de ceux qui fréquentaient la maison. Elle avait pour lui toutes sortes d'attentions et le défendait et protégeait de son mieux. Mais Yannig n'avait pas l'air de s'en apercevoir.

Un jour, elle lui manifesta clairement ses intentions à son

endroit, et Yannig lui répondit :

— Je ne puis pas vous épouser, Annetig.

— Pourquoi donc, Yannig ?

— Parce que je suis déjà fiancé à une belle princesse que j'ai délivrée d'un enchantement qui l'avait métamorphosée en crapaud.

— Vous, avoir délivré une princesse ! Vous vous moquez de moi, Yannig. Où est-elle donc votre princesse ?

— Elle est retournée au palais de son père, loin, bien loin d'ici. Mais elle m'a promis de revenir, au bout d'un an et un jour, et je l'accompagnerai alors chez son père, et notre mariage sera célébré.

— Quel conte ! Et où devez-vous revoir cette belle princesse ?

— Auprès de la fontaine de la côte de Buzulzo. Elle m'a recommandé d'y aller, seul, et à jeun, et de n'embrasser ni femme ni fille d'ici là, sous peine de ne plus la revoir.

Le pauvre Yannig disait ainsi tout ce qu'il devait taire.

— C'est bon ! pensa Annetig, à part soi. Je saurai bien mettre empêchement à la réalisation de leurs projets.

Et elle sauta au cou de Yannig et l'embrassa, et recommença le lendemain, et tous les jours ensuite.

Cependant le terme approchait, et Yannig comptait les jours. Il était impatient de revoir sa princesse.

— C'est demain le jour, Annetig ! dit-il, un soir, à la jeune servante.

— Vous vous trompez, Yannig, répondit celle-ci. Il s'en faut encore de huit jours.

— Non, non ! c'est bien demain, j'ai compté les jours, et je me rendrai de bonne heure au rendez-vous, auprès de la fontaine de Buzulzo.

Le lendemain matin, Yannig mit ses plus beaux habits et se dirigea de bonne heure vers la fontaine de Buzulzo. Il n'avait ni mangé ni bu. Mais Annetig glissa, à son insu, un pois dans la poche de son gilet.

En arrivant à la fontaine, il n'y vit personne, car, dans son impatience, il avait devancé l'heure. Il s'assit sur une pierre, près de l'eau, pour attendre, et ayant porté la main à la poche de son gilet il y trouva le pois qu'y avait glissé Annetig. Il en fut surpris, le regarde, le porta à sa bouche et l'avala. Aussitôt il se sentit pris de sommeil et s'endormit.

La Princesse arriva, à huit heures juste, et voyant qu'il dormait :

— Hélas ! dit-elle. Il a mangé, ou embrassé une femme !...

Il avait fait l'un et l'autre.

Et elle lui mit à la main un papier sur lequel étaient écrits ces mots : «Hélas ! Yannig, vous avez mangé, ou peut-être embrassé une femme avant de venir au rendez-vous, et vous vous êtes endormi ! Je reviendrai demain, à dix heures. Retrouvez-vous auprès de la fontaine, mais bien à jeun, et sans avoir embrassé ni femme ni fille.»

Et elle s'éleva en l'air et disparut.

Quand Yannig s'éveilla il s'écria :

— Je me suis endormi et la Princesse est venue, car c'est elle qui m'a mis ce papier à la main... Qu'est-ce qui est donc marqué dessus ? Je ne sais pas lire, mais je vais le porter à Annetig qui me le dira.

Et il courut porter le papier à Annetig qui n'en savait pas plus long que lui en fait de lecture.

Quand elle le vit revenir, seul, elle lui demanda :

— Eh bien ! Yannig, et votre Princesse, où est-elle restée ?

— Hélas ! ma pauvre Annetig, je me suis endormi près de la fontaine et je ne l'ai pas vue. Elle est pourtant venue, et ce papier qu'elle m'a laissé entre les mains le prouve suffisamment : dites-moi donc ce qui est marqué dessus ?

Annetig prit le papier, se le fit lire, et fit part à Yannig de ce qu'il contenait.

— Oh ! demain, dit-il, je ne m'endormirai pas, bien sûrement ! Je me coucherai de bonne heure ce soir, pour n'avoir pas sommeil.

Le lendemain matin, Yannig se rendit de nouveau à la fontaine, parfaitement à jeun. Mais Annetig avait encore glissé, à son insu, une fève dans la poche de son gilet. Quand il arriva, il s'assit, comme la veille, sur une pierre, près de l'eau, pour attendre le moment où la Princesse devait venir. Il trouva la fève dans sa poche, la mangea encore, sans y penser, et s'endormit aussitôt. La princesse arriva, tôt après, et, le trouvant endormi, comme la veille, elle en témoigna une vive douleur, et elle lui mit encore dans la main un papier sur lequel était écrit qu'elle reviendrait encore le lendemain, à midi, mais pour la dernière fois, et que si elle le retrouvait endormi, il ne la reverrait plus jamais. Puis elle s'éleva dans les airs et disparut.

Quand Yannig se réveilla, il fut très contrarié de voir qu'il s'était encore endormi, et il courut montrer à Annetig le papier laissé entre ses mains et la prier de lui faire connaître ce qui était marqué dessus.

Annetig se le fit lire, comme l'autre, puis en fit part à Yannig qui en fut si désolé qu'il en pleura et s'alla coucher immédiatement afin de ne pas se laisser aller au sommeil le lendemain.

Pour abréger, le lendemain, avant son départ, Annetig mit encore une figue dans sa poche, à son insu, et il mangea la figue, comme il avait mangé le pois et la fève, et s'endormit encore.

Grande fut la douleur de la princesse de le trouver endormi, pour la troisième fois, et elle en poussa un profond soupir. Elle lui laissa entre les mains une moitié de son anneau d'or et un papier sur lequel il était marqué qu'elle ne reviendrait plus et qu'elle se rendait à son château d'or, retenu par quatre chaînes d'or au-dessus de la Mer Rouge, et que s'il l'aimait il pourrait la revoir encore là, mais, après beaucoup de mal et au prix de terribles épreuves. Elle ajoutait que, aussitôt de retour à son hôtel, il devait arracher tous les boutons de ses habits, et qu'à chaque bouton qu'il arracherait, une personne mourrait dans la maison.

Quand Yannig se réveilla, il fut désolé et se mit à pleurer comme un enfant. Cette fois il fit lire son papier, non par Annetig, mais par le maître d'école de Ploubêr. Quand il eut connaissance de ce qu'il contenait, il retourna à son hôtel et se mit aussitôt à arracher les boutons de ses habits, et à chaque bouton qu'il arrachait, une personne mourait subitement dans la maison. Tout le monde y mourut, et Annetig la première.

Alors Yannig dit :

— À présent je vais partir pour aller à la recherche de la Princesse, dans son château d'or retenu par quatre chaînes d'or au-dessus de la Mer Rouge, et je ne cesserai de marcher, ni de jour ni de nuit, jusqu'à ce que je l'aie retrouvée.

Et il partit, en effet, un bâton à la main et une moitié de l'anneau de la princesse dans sa poche, à la grâce de Dieu, et sans savoir de quel côté se diriger.

Il allait, il allait, toujours devant lui, loin, loin, plus loin encore… demandant partout sur son passage où se trouvait le château d'or au-dessus de la Mer Rouge, et personne ne pouvait lui en donner de nouvelles.

Un jour, il rencontra un vieil ermite, dans une forêt. Il lui demanda aussi la route pour aller au château d'or, au-dessus de la Mer Rouge.

— Hélas, mon fils ! lui répondit le vieillard. Je ne sais où il est ; mais j'ai un frère ermite plus âgé que moi et qui habite une autre forêt, à deux cents lieues d'ici, et celui-là, qui est maître sur tous les animaux à poils, pourra peut-être vous donner quelque bon renseignement à ce sujet.

— Mais comment, mon père, connaître le chemin pour aller jusqu'à lui ?

— Voici une boule qui vous conduira tout droit jusqu'à mon frère. Elle roulera d'elle-même devant vous et vous n'aurez qu'à la suivre. Voici encore un pot d'onguent qui pourra vous être aussi fort utile. Je connais les propriétés et les vertus de toutes les herbes des bois et des champs, et il n'est pas de plaie ni de blessure qui ne puisse être guérie par cet onguent.

Yannig prit le pot d'onguent et remercia. Puis l'ermite posa sa boule à terre, au seuil de son ermitage, et lui dit :

— Allez, ma boule, allez tout droit jusqu'à mon frère l'ermite, en son ermitage, à deux cents lieues d'ici.

Aussitôt la boule commença à rouler, et Yannig la suivit. Ils arrivèrent, mais non aussi vite que je le dis ici, à l'habitation du second ermite. La boule heurta contre la porte, et l'ermite ouvrit et dit, en la reconnaissant :

— Sois la bienvenue, boule de mon frère. Qu'y a-t-il de nouveau ?

— Bonjour, mon père ermite, dit Yannig. Je suis là à la recherche de la Princesse du Château d'Or qui demeure en son château, au-dessus de la Mer Rouge, et votre frère l'ermite m'adresse à vous pour savoir si vous ne pourriez pas me donner quelques bons conseils pour réussir dans mon entreprise.

— Hélas, mon fils ! répondit l'ermite. Je ne sais pas où se trouve le château dont vous me parlez ; mais Dieu m'a établi maître sur tous les animaux à poils, et quelqu'un d'eux pourra peut-être vous donner un bon renseignement à ce sujet. Je vais les appeler, pour voir.

Et le vieillard souffla dans un sifflet d'argent, et aussitôt on vit accourir de tous côtés des animaux à poils de toutes sortes, petits et grands, depuis la souris jusqu'au lion, au cheval et au chameau, mais aucun d'eux ne connaissait le château dont il s'agissait.

— J'ai un autre frère ermite, dit alors le maître des animaux à poils, qui demeure dans une autre forêt, à trois cents lieues d'ici. Celui-là a été établi par Dieu maître sur tous les animaux à plumes, et peut-être pourra-t-il vous donner quelque bon renseignement. Voici une boule qui vous conduira jusqu'à lui.

Yannig fit ses adieux au second ermite, et se remit en route, à la suite de sa boule qui roulait d'elle-même devant lui. Ils allaient, ils allaient, et rien ne les arrêtait. Yannig était bien las, quand la boule heurta enfin à la porte de l'habitation du troisième ermite.

La porte s'ouvrit, et sur le seuil parut un vieillard à barbe longue et blanche qui parla ainsi :

— Salut à toi, boule de mon frère ! et à toi aussi, Yannig aux deux sous, car je te connais bien, et je sais ce que tu viens faire ici. Tu as délivré une princesse qui était retenue enchantée sous la forme d'un crapaud hideux, mais tu l'as perdue, et elle s'est retirée dans son château d'or, au-dessus de la Mer Rouge, où tu voudrais aller la rejoindre.

— Tout cela est vrai, mon père ermite, répondit Yannig, étonné, et j'espère que vous me viendrez en aide et me donnerez des nouvelles de la princesse.

— Je ne sais pas où est le château d'or, mais, Dieu m'a établi le maître sur tous les animaux à plumes et je pense que quelqu'un d'eux pourra nous en donner des nouvelles. Je vais les appeler pour voir.

Et le vieillard siffla dans un sifflet d'argent, et des oiseaux de toute sorte et de toute dimension, depuis le roitelet jusqu'à l'aigle, arrivèrent aussitôt, en si grand nombre que le ciel en était obscurci. L'aigle arriva le dernier, et seulement après qu'on l'eut appelé deux fois. Aucun des autres n'avait de nouvelles du château d'or.

— Pourquoi ne viens-tu pas aussitôt que je t'appelle ? demanda l'ermite à l'aigle.

— J'étais si loin d'ici, maître ! répondit le roi des oiseaux. J'étais au Château d'Or, au-dessus de la Mer Rouge. La Princesse doit se marier demain, et il y a là de grands préparatifs pour les fêtes et les festins qui doivent avoir lieu. On a tué un grand nombre de bêtes de toute sorte, des bœufs, des veaux, des moutons… et j'en ai eu aussi ma part.

— Alors tu sais où est le Château d'Or ?

— Certainement, maître, puisque j'en arrive.

— Fort bien ! Alors il faut que y portes cet homme, tout de suite.

Et il lui montra Yannig.

— Je le veux bien, mais, à la condition que j'aurai à manger, à discrétion, car d'ici là il y a loin.

— Sois tranquille, tu auras à manger.

On tua douze moutons de ceux d'un géant dont le château était dans le voisinage, et on les chargea sur le dos de l'aigle, découpés par quartiers, puis Yannig monta sur le tout, et l'aigle s'éleva alors en l'air et partit dans la direction du Château d'Or. Quand l'oiseau voulait avoir à manger, il poussait un cri : wak ! et Yannig lui donnait un quartier de mouton. Mais il faisait entendre son cri de “wak !” bien souvent et la provision diminuait vite. Les voilà au-dessus de la Mer Rouge. “Wak ! wak !” criait l'oiseau à tout moment. Tout était mangé, et l'aigle criait toujours : “Wak ! wak !…”

— Je n'ai plus rien, mon pauvre animal ; tu as tout mangé ! lui dit Yannig.

— Il me faut à manger, ou je vais manquer de force, répondit l'aigle.

— Comment te donner à manger, puisque je n'ai plus rien ?

Du courage ! Nous ne sommes plus loin, je vois les murs du château.

— Donne-moi à manger, vite, ou je te jette à bas ; je ne puis aller plus loin sans manger.

Et Yannig coupa son mollet gauche et le donna à manger à l'aigle.

— C'est bon, mais c'est bien peu ! dit l'aigle en l'avalant.

Un instant après l'aigle cria encore : "Wak ! wak !" et dit :

— Donne-moi à manger, ou je te jette à bas.

Et Yannig coupa son mollet droit et le lui donna.

Il lui fallut sacrifier ensuite sa fesse gauche, puis sa fesse droite… Enfin l'aigle atteignit le château et déposa Yannig au pied des murs. Il avait perdu tant de sang qu'il était près de mourir. Heureusement il se rappela que le premier ermite qu'il visita sur sa route lui avait donné un petit pot d'onguent qu'il lui avait assuré être un remède infaillible contre les plaies et les blessures, quelque graves qu'elles fussent. Il s'en frotta et aussitôt ses mollets revinrent, ses fesses aussi, et il se retrouva aussi complet, aussi sain et aussi vigoureux qu'il le fut jamais.

Environ les dix heures, au moment où le cortège se rendait à l'église, en grande pompe et cérémonie, Yannig alla se placer sur son passage, de manière à être remarqué. La Princesse le reconnut et en fut très émue. Elle feignit d'être indisposée, de ne pouvoir aller plus loin, et demanda que la cérémonie fût remise au lendemain ; ce qui fut fait. Trois jours de suite elle joua la même comédie. Le troisième jour eut lieu le repas de noces, sans que l'on eût été à l'église, et Yannig y fut aussi invité comme un prince étranger, venu de très loin, car la princesse avait trouvé moyen de lui faire parvenir de beaux habits, avec des diamants.

Vers la fin du repas, tout le monde était gai, et chacun contait quelque bel exploit ou une aventure plaisante.

— Et vous, la nouvelle mariée, dit le vieux roi, que nous direz-vous ?

Alors la Princesse se leva et parla de la sorte :

— Il y a une chose qui me tourmente l'esprit, sire. Vous avez de l'âge, de l'expérience et de la sagesse, et vous pourrez, sans doute, me tirer d'embarras.

— Parlez, Princesse, dit le vieillard, flatté de ce compliment.

— Il y a quelque temps je perdis la clef de mon trésor, et j'en fis faire une nouvelle. Mais je viens de retrouver l'ancienne clef, de sorte que j'en ai deux à présent ; de laquelle me conseillez-vous de me servir, de l'ancienne ou de la nouvelle ?

— Honneur est toujours dû à ce qui est ancien, répondit le roi. Donnez la préférence à votre ancienne clef.

— C'est aussi mon avis, répondit la Princesse.

Et montrant Yannig du doigt :

— Voilà l'homme qui m'a délivrée quand j'étais retenue enchantée sous la forme d'un crapaud hideux. C'est lui qui a eu tout le mal et c'est lui aussi qui sera mon mari, et non aucun autre !

Et, allant vers Yannig, elle le prit par la main et ils sortirent ensemble de la salle du festin, au grand étonnement de tout le monde, et sans que personne dît rien. Quand ils furent dans la cour du château, un beau carrosse doré y descendit du ciel ; ils montèrent dedans, et aussitôt le carrosse s'éleva de nouveau en l'air et disparut bientôt. La Princesse conduisit Yannig au palais de son père, et là ils furent mariés, et il y eut, à cette occasion, des fêtes et des festins magnifiques.

Le vieux roi mourut, peu de temps après, et Yannig aux deux sous régna et gouverna à sa place, et fort sagement dit-on.

Conté par Marie Geffroy, Plouared, 1870
(Revue des Traditions Populaires, tome III n° 9, 1888)

LES TROIS PAROLES
OU LE DIABLE DUPÉ

Trois jeunes hommes voyageaient de compagnie, la bourse légère, mais riches d'espérances.

Et l'un d'eux dit :

— Si je trouvais quelqu'un pour me prêter cent écus, je les accepterais, quelque condition qu'il y mît.

— Et moi aussi, dit chacun des deux autres.

À peine eurent-ils prononcé ces mots qu'ils furent rejoints par un cavalier inconnu, monté sur un cheval noir, qui lançait le feu des pieds, des yeux, des naseaux et des oreilles.

— Où allez-vous de la sorte, jeunes gens ? leur demanda l'inconnu.

— Cherchez fortune, répondirent-ils.

— Et bourse légère, sans doute ?

— Hélas, oui !

— Eh bien ! si vous voulez, je vous donnerai cent écus à chacun de vous.

— Nous ne demandons pas mieux ; mais à quelle condition ?

— Oh ! peu de choses : à la condition que chacun de vous ne prononcera que deux mots, deux seulement, pendant un an et un jour, sous peine de m'appartenir, pour disposer de vous à ma volonté, si vous manquez à votre parole.

— Tope là ! Marché conclu, répondirent les trois compagnons.

Et ils frappèrent dans la main pour sceller le pacte, et l'inconnu leur donna à chacun cent écus, en belles pièces d'or, toutes neuves, puis il disparut au galop de son cheval.

— Tiens ! dit un des trois, il ne nous a pas dit où nous le retrouverons, au bout de l'an et jour.

— Sois tranquille, il saura bien nous trouver, en quelque lieu que nous soyons, dit un autre, se doutant qu'ils avaient eu affaire au Diable.

— En attendant, nous avons cent écus chacun, et nous allons mener joyeuse vie pendant qu'ils dureront, dit le troisième.

Et ils se hâtent de se rendre à la ville la plus voisine, où ils descendent au meilleur hôtel et font bombance toute la nuit.

Le lendemain matin, l'hôtelier, inquiet de les voir aller si rondement, demandant toujours les meilleurs mets et vins, sans jamais s'enquérir du prix, vint les prier de solder leur écot, avant de faire de nouvelles dépenses.

— Tous les trois ? *(Hon-zri ?)* demanda l'un d'eux.

— Pour payer ? *(Evit paeañ ?)* demanda le second.

— Certainement, dit encore l'hôtelier.

— C'est juste ! *(Gwir eo !)* dit le troisième.

Et ils payèrent, et l'hôtelier, voyant qu'ils avaient de l'argent, continua de leur servir tout ce qu'ils demandaient. Mais ils avaient dit chacun ses deux mots et ne pouvaient plus que répéter toujours les mêmes, ou se taire.

La nuit suivante, un riche marchand descendit au même hôtel, avec une valise pleine d'or. L'hôtelier et sa femme tuèrent le marchand et lui enlevèrent son or, puis ils accusèrent les trois compagnons de l'assassinat et du vol. Ceux-ci sont appelés en justice.

— Vous avez assassiné ce marchand, puis vous l'avez volé, leur dit le juge.

— Tous les trois ? *(Hon-zri ?)* demanda un des compagnons.

— Probablement, répondit le juge.

— Pour payer ? *(Evit paeañ ?)* dit le second compagnon.

— Oui, pour payer votre écot, sans doute, répondit le juge.

— C'est juste ! *(Gwir eo !)* dit le troisième.

— Voyez, ils avouent, dit le juge.

Et il les condamna à mort, à être pendus.

On fit venir un prêtre pour les assister au dernier moment.

— Repentez-vous, leur dit-il, vous allez paraître devant votre juge suprême…

— Tous les trois ? *(Hon-zri ?)* dit l'un deux.

— Oui, tous les trois, répondit le prêtre.

— Pour payer ? *(Evit paeañ ?)* dit le second.

— Oui, tout se paie ici-bas, ou dans l'autre monde.

— C'est juste ! *(Gwir eo !)* dit le troisième.

— Allons ! ils sont résignés, dit le prêtre.

Et ils montèrent à l'échelle, tristes et silencieux.

Comme ils mettaient le pied sur le troisième degré, on vit arriver un cavalier inconnu, sur un cheval noir lancé à fond de train.

— Arrêtez ! cria l'inconnu, et mettez ces hommes en liberté, car ils ne sont pas coupables. C'est l'hôtelier et sa femme qui ont assassiné le marchand !

Et il débarrassa lui-même les trois compagnons de leurs liens et les mit en liberté, sans que personne n'osât s'y opposer.

— Allez ! leur dit-il, vous êtes dégagés de votre parole et vous pouvez parler maintenant tant qu'il vous plaira.

Quant à l'hôtelier et à sa femme, ils furent arrêtés sur-le-champ, jugés, condamnés et pendus.

(Revue des Traditions Populaires, n°3-4, 1893)

LE CHEMIN DU PARADIS

Selaouit holl, mar hoc'h eus c'hoant,
Hag e klevfet ur gaozig koant,
Ha na eus enni netra gaou,
Met marteze ur ger pe daou.
Écoutez tous, si vous voulez,
Et vous entendrez un joli petit conte,
Et dans lequel il n'y a pas de mensonge,
Si ce n'est, peut-être, un mot ou deux.

Il y avait une fois un paysan, un laboureur de terre, nommé Erwan Kerloho, qui avait trois fils. Il n'était pas riche, et ne pouvait envoyer ses enfants à l'école, à la ville. Mais, il existait dans le voisinage un couvent de capucins, et un vieux moine se chargea de l'éducation des trois frères. Ils allaient donc tous les jours à l'école, au couvent. Les deux aînés étaient peu intelligents et n'apprenaient pas grand-chose ; le cadet, au contraire, nommé Fañchig, apprenait tout ce qu'on lui montrait.

Au bout de quelque temps, le vieux capucin vint à mourir. Les trois frères cessèrent alors d'aller à l'école, et restèrent à la maison avec leur père.

Un soir d'été qu'ils étaient tous les trois à jouer dans la cour de la ferme, leur ancien maître le capucin apparut tout à coup à Fañchig. Il resta à le regarder, immobile et ébahi.

— Qu'est-ce que tu as donc à regarder ainsi par là ? lui demandèrent ses frères.

— Le vieux capucin ! répondit-il.

— Mais il est mort et enterré depuis quinze jours !

— N'importe !... Ne le voyez-vous pas là ?

— Nous ne voyons rien.

— Tenez, là ! là !

Et il leur montrait du doigt l'endroit de l'apparition.

— Nous ne voyons rien du tout que le mur. Tu te moques de nous.

Le vieillard s'avança alors vers Fañchig et lui dit :

— Bonjour, mon enfant.

— Bonjour, mon père capucin. Vous n'êtes donc pas mort ?

— Si, mon enfant, je suis mort.

— Et vous revenez sur la terre ?

— Oui, avec la permission de Dieu.

— Vous êtes allé au Paradis, n'est-ce pas ?

— Oui, mon enfant, je suis allé au Paradis.

— Comme on doit être bien là ! Je voudrais y aller avec vous !

— Je vais te donner une lettre à porter au bon Dieu, et tu verras le Paradis, avant ta mort.

— Oui, mais je ne sais pas le chemin pour y aller.

— Je te donnerai aussi une baguette blanche qui t'y conduira tout droit.

Et le vieillard remit à l'enfant une lettre close et une baguette blanche, et lui dit :

— Tu remettras cette lettre au portier du Paradis.

— À saint Pierre ?

— Oui, à saint Pierre, qui t'ouvrira la porte. Tu me trouveras là, en arrivant, et je prierai saint Pierre de laisser la porte un moment entrebâillée pour que tu puisses jeter un coup d'œil dans le Paradis. Quant à la baguette blanche, elle marchera d'elle-même devant toi, et tu n'auras qu'à la suivre, sans hésiter et sans craindre aucun mal, en quelque endroit qu'elle te conduise, et tu arriveras à bon port.

Et le vieux capucin disparut alors.

Fañchig, plein de confiance dans sa parole, mit la lettre dans sa poche et se résolut à entreprendre le voyage sur-le-champ. Il posa sa baguette blanche à terre et lui dit : "Conduis-moi jusqu'à la porte du Paradis." Et la baguette, comme si elle était animée, marche devant lui et il la suit. Elle se glisse bientôt dans une haie d'épines, très serrée.

— Comment pourrai-je passer par là ? se demanda Fañchig, un peu hésitant.

Mais son parti est bientôt pris, il s'avance sur la haie, et passe sans mal, à son grand étonnement.

Il suit pendant longtemps la baguette magique et arrive au bord d'une mer rouge. Elle y entre. Fañchig l'y suit et passe encore sans mal.

La baguette s'engage alors dans un chemin profond et étroit où tourne une grande roue de feu, qui occupe toute la largeur du chemin. Fañchig est d'abord saisi de frayeur, mais il prend vite courage, s'avance sur la roue enflammée et passe encore, sans mal.

Un peu plus loin, deux arbres, plantés des deux côtés du chemin, s'entrechoquent et se battent avec une telle fureur qu'ils lancent au loin des fragments d'écorce et des copeaux. Fañchig, désormais plus rassuré, s'avance résolument sur eux, et passe encore sans mal.

Plus loin ce sont deux énormes faux qui fauchent, en se croisant, des deux côtés du chemin. Il passe facilement.

Il arrive alors sur une grand route bien unie. Là Fañchig voit, dans de beaux carrosses dorés, des hommes et des femmes bien parés ; d'autres qui mangent et boivent, en riant et en chantant, à des tables surchargées de mets savoureux et de vins choisis ; d'autres encore qui dansent au son des binious et des violons, sur le gazon fleuri ; mais, à l'extrémité de la route où ils marchaient si gaiement, ils tombaient dans un gouffre béant d'où sortaient des jets de flamme, avec des lamentations, des malédictions et des cris épouvantables.

La baguette blanche, suivie de près par Fañchig, entre alors dans un beau chemin gazonné où des vieillards à grandes barbes blanches et revêtus de longues robes grises se promènent lentement, tristes et dolents, et embrassent des crucifix d'ivoire qu'ils tiennent à la main en les arrosant de larmes.

Fañchig passe, précédé de sa baguette blanche qui marche toujours, et arrive à une lande aride et brûlée où il voit avec étonnement des moutons et des brebis gras et luisants qui bondissent et jouent entre eux et paraissent contents et heureux.

Plus loin, dans un pâturage gras et abondant, il voit des vaches si tristes et si maigres et décharnées que c'est à peine si elles peuvent se tenir sur leurs jambes. Tout cela lui paraît bien étrange.

Il continue sa route, la baguette blanche le précédant toujours, et arrive dans un grand champ de terre labourable où des hommes, en grand nombre, travaillent, et les uns se hâtent et se donnent beaucoup de mal, sans se reposer un seul instant, et ils sont tristes et soucieux ; et dans une autre partie du champ, d'autres personnes travaillent aussi, mais sans trop se presser, et elles sont gaies et causent et chantent même en travaillant.

Fañchig passe encore, sans s'arrêter, et arrive alors à un grand colombier, au milieu d'une plaine ; et autour de ce colombier voltigeaient des colombes en grand nombre dont les unes étaient blanches, d'autres grises, et d'autres noires. Et les blanches s'élevaient facilement jusqu'au sommet du colombier et y pénétraient, tandis que les grises ne s'élevaient qu'à moitié route et tombaient à terre ; et que les noires pouvaient à peine se soulever un peu sur leurs ailes et retombaient lourdement à terre.

Puis il aperçut dans le lointain un château d'or, si brillant et si éblouissant qu'on pouvait à peine le regarder. C'était enfin le Paradis !

— Oh le beau château ! ne put s'empêcher de s'écrier Fañchig.

La baguette blanche continua d'avancer et alla frapper à la porte du château. La porte s'ouvrit aussitôt et un grand vieillard à barbe blanche se présenta sur le seuil et, voyant l'enfant avec sa lettre à la main, il lui demanda :

— Que veux-tu, mon enfant ?

— Est-ce que vous êtes saint Pierre, le portier du Paradis ?

— Oui.

— Eh bien ! laissez-moi entrer, pour remettre cette lettre au bon Dieu.

Et il lui montrait sa lettre.

— De qui est la lettre ?

— De mon ancien maître, le père capucin, qui doit être aussi par là, car il m'a dit qu'il était au paradis depuis qu'il est mort. Laissez-moi entrer, je vous prie.

— Non, mon enfant, personne n'entre ici avant d'être mort.

— Dieu, que c'est beau par là !... s'écria Fañchig en regardant par la porte entrebâillée.

Et, ayant aperçu son ancien maître qui se promenait en la société d'autres moines :

— Voilà le père capucin ! Je veux aller l'embrasser.

Et il essaya de s'introduire, malgré le portier. Le Bon Dieu, qui se trouvait en ce moment dans la loge de saint Pierre, où il venait souvent causer avec son vieil ami, avait tout entendu, et il dit :

— Laisse-le entrer, Pierre.

Fañchig entra dans la loge et, apercevant le Bon Dieu, il le reconnut tout d'abord, à son grand air de majesté en même temps que de bonté, et il lui dit :

— C'est vous Monsieur le Bon Dieu n'est-ce pas ?

— Oui, mon enfant, c'est moi le Bon Dieu.

— Eh bien ! Voilà la lettre que mon ancien maître, le père capucin, m'a chargé de vous apporter ici.

Et il remit la lettre au Bon Dieu qui la lut et dit :

— C'est bien, tu es un bon petit enfant, et tu viendras, sans tarder, demeurer avec nous ici.

— Pourquoi pas tout de suite, puisque j'y suis ?

— C'est qu'il faut être mort, sur la terre, avant de pouvoir habiter le paradis. Retourne donc chez ton père et, dans trois jours, tu mourras et tu reviendras pour ne plus nous quitter.

Fañchig aurait préféré rester puisqu'il y était, comme il le disait, et, s'étant approché de la fenêtre qui donnait sur le paradis, il s'écria :

— Dieu, que c'est beau ! que c'est beau !... Mais laissez-moi aller parler à mon père capucin que je vois là-bas, pour lui faire voir, au moins, que je me suis bien acquitté de sa commission.

— Il va venir ici, et tu pourras lui parler à ton aise.

Et saint Pierre fit signe au vieux capucin qui vint aussitôt ; et l'enfant et le vieillard s'embrassèrent, heureux de se retrouver ensemble.

— Demandez au Bon Dieu de me permettre de rester avec vous, dit Fañchig.

— Cela ne se peut pas, mon enfant ; il faut que tu retournes sur la terre et que tu y meures avant de pouvoir être admis dans le paradis.

— Le Bon Dieu m'a dit que je mourrai dans trois jours et que je reviendrai ici aussitôt avec vous.

— Eh bien ! retourne chez ton père où tu seras rendu promptement et sans fatigue, car la baguette blanche, qui est restée t'attendre à la porte, te reconduira, et dans trois jours tu reviendras pour toujours.

— J'aurais bien voulu rester, dès à présent, mais puisque le Bon Dieu ne le veut pas, il faut lui obéir. Pourtant, avant de m'en aller, donnez-moi l'explication de toutes les choses extraordinaires que j'ai vues sur ma route, en venant ici.

— Avec plaisir, mon enfant. Dis-moi ce que tu as vu.

— D'abord, au moment du départ, la baguette blanche qui m'a servi de guide entra dans une haie d'épines, si épaisse, si fournie, que j'hésitai un instant à l'y suivre ; mais, par confiance dans votre parole, je m'y engageai, tête baissée, et je passai sans mal.

— Ce sont les épines dont fut couronné notre Sauveur, mon enfant, et il faut les affronter pour aller au Paradis.

— Et la mer rouge où entra ensuite la baguette, et où je la suivis, toujours sans mal ?

— Cette mer rouge, mon enfant, est formée du sang que répandit notre Sauveur pendant sa Passion.

— Et la roue de feu, dans le chemin étroit et profond ?

— C'est la roue du purgatoire.

— Et les deux arbres qui se battaient si cruellement, des deux côtés du chemin ?

— Deux époux qui ne pouvaient se supporter et qui continuent, pour leur pénitence, de se battre, après leur mort.

Et les deux faux qui fauchaient tout ce qui passait par le chemin ?

— Des gens riches, qui voulaient tout faucher, tout amasser, et ne donnaient jamais rien aux pauvres. Ils continueront, pour leur pénitence, de faucher là, en vain, pendant cinq cents ans.

— Et le grand chemin uni et fleuri où tant de gens riaient,

chantaient, dansaient, festoyaient, pour aller tomber ensuite dans un gouffre rempli de flammes, avec des lamentations et des malédictions épouvantables ?

— C'est le large chemin de l'enfer, mon enfant !...

— Et les vieillards vêtus de robes grises, tristes et désolés, et embrassant leurs crucifix d'ivoire, en les arrosant de larmes ?

— Ce sont des gens qui ont fait leur devoir et vécu honnêtement sur la terre, mais qui ont pourtant failli, sur quelque point, et se rendent au purgatoire pour expier leurs fautes.

— Et les moutons gras et heureux, sur la lande aride ?

— Ce sont des gens qui, quoique pauvres, ont vécu contents de leur sort, trouvant encore le moyen de faire l'aumône aux pauvres, et ils sont là sur la route du paradis.

— Et les vaches maigres, tristes et soucieuses, dans le pâturage gras et abondant ?

— Ce sont des gens qui, quoique riches, étaient possédés du désir d'acquérir toujours, et que rien ne pouvait contenter, de sorte qu'ils étaient réellement pauvres et malheureux, malgré tous leurs biens.

— Et les gens qui travaillaient dans un champ, et dont les uns, tristes et soucieux, ne se donnaient aucun repos, tandis que les autres, gais et contents, en prenaient à leur aise ?

— Les premiers sont des gens tourmentés de la passion de s'enrichir, qui, travaillant toujours, n'observaient ni dimanches ni fêtes, ne pratiquaient pas la charité envers les pauvres, quoique riches, et, pour leur pénitence, ils sont condamnés à labourer constamment ce champ, pendant cinq cents ans ; les seconds, au contraire, sont d'honnêtes gens, de bons chrétiens, ayant toujours observé les dimanches et les fêtes, travaillant et se reposant en temps convenable, pratiquant la charité envers les pauvres, dans la mesure de leurs moyens, et ils sont là sur le chemin du paradis.

— Et les colombes dont les unes, blanches, s'élevaient jusqu'au sommet du colombier et pénétraient dans l'intérieur, d'autres, grises, s'arrêtaient à moitié route, et d'autres, noires, pouvaient à peine se soulever un instant sur leurs ailes et retombaient lourdement à terre ?

— Les premières, les blanches, représentent les gens qui, ayant entendu prêcher la parole de Dieu, l'ont conservée sans défaillance et sont arrivés droit au Paradis ; les grises représentent les gens qui n'ont pas persisté dans la bonne voie et l'ont abandonnée, à moitié route ; et les noires, enfin, sont les âmes perverses, méchantes, criminelles, qui fréquentaient les tavernes et les mauvais lieux, au lieu de s'acquitter de leurs devoirs religieux.

— Je suis content de savoir tout cela ; mais, mon père capucin, laissez-moi entrer dans le paradis, puisque j'en suis si près, et y rester avec vous ; c'est si beau, et l'on doit être si bien là !...

— Pas encore, mon enfant. Il faut que tu retournes chez ton père, et, au bout de trois jours, tu reviendras me rejoindre, ici, et nous ne nous quitterons plus jamais.

Là-dessus saint Pierre ferma sa porte, et Fañchig se retrouva aussitôt transporté dans la cour de son père, il ne sut comment. Il mourut au bout de trois jours, et alla tout droit au Paradis. Puissions-nous y aller nous-mêmes, un jour, afin de savoir de lui si tout ce que nous dit cette histoire est vrai.

Conté par Marguerite Philippe,
Plouared, 1888

LE PRINCE BLANC

Il y avait une fois un pauvre homme qui avait déjà fait faire vingt baptêmes. Dieu lui envoya pourtant un vingt et unième enfant. Comme tous ses parents, ses amis et ses voisins avaient déjà été parrains chez lui, il n'en trouvait plus pour ce dernier venu, et il en était fort peiné. Il trouvait bien une marraine, la servante du manoir voisin, car la dame et sa fille avait refusé net. Comme il allait sur la route, à la recherche d'un parrain, il rencontra un beau prince, tout habillé de blanc et monté sur un beau cheval, également blanc.

— Vous paraissez contrarié, mon brave homme, lui dit le prince.

— Oui sûrement, mon prince, et ce n'est pas sans raison. Il vient de me naître un enfant, c'est le vingt et unième que le Bon Dieu m'envoie, et je ne lui trouve pas de parrain.

— Avez-vous une marraine ?

— Oui, la servante du manoir.

— Eh bien ! allez au manoir et dites à la marraine de se trouver demain matin, à dix heures, dans le porche de votre église ; moi, je m'y trouverai aussi, et je serai le parrain de votre enfant. Quand la dame apprendra que vous avez trouvé un prince pour parrain, elle voudra envoyer sa fille. Mais dites que c'est la servante qu'il vous faut, et non la demoiselle.

Cela dit, le prince continua sa route, et l'homme courut au manoir.

— J'ai un parrain ! dit-il, en y arrivant, tout essoufflé.

— Et qui donc ? demanda la dame.

— Un beau prince que j'ai rencontré sur la route.

— Un prince ? Ma fille sera alors la marraine.

— Sauf votre grâce, le prince a dit qu'il voulait votre servante.

— Eh bien ! qu'elle y aille. Ce doit être un triste prince puisqu'il veut nommer un enfant avec une servante pour commère.

Le lendemain matin, à dix heures, le père et la marraine étaient dans le porche, avec l'enfant, quand arriva le prince, tout habillé de blanc, et monté sur un beau cheval, également blanc. On appela le recteur, et l'enfant fut baptisé et nommé Emmanuel. Le baptême terminé, le prince dit à sa commère :

— Vous êtes venue ici sans le bon gré de votre maîtresse, et quand vous rentrerez au manoir, vous recevrez votre congé. Mais ne vous inquiétez pas de cela. Voilà d'abord cinq cents écus que je vous prie de prendre, et quand vous en aurez besoin d'autres, je ne vous oublierai pas. Et vous, compère, dit-il au père, voici cinq mille écus pour élever mon filleul. Envoyez-le à l'école, quand il sera d'âge à y aller, et, quand il aura dix ans, je viendrai le voir.

Puis, il partit.

L'enfant venait à merveille. À l'âge de six ans il commença d'aller à l'école, et il apprenait très bien. Tous les matins, il allait seul à une abbaye qui était dans le voisinage, emportant dans un panier son dîner ; et le soir, il revenait de même à la maison. Mais tous les jours, dans le trajet de sa maison à l'abbaye, un chien barbet noir l'attendait, et, prenant son petit doigt dans sa bouche, il le suçait, et le conduisait ainsi jusqu'à la porte de l'école. Le père ne tarda pas à s'apercevoir que son fils maigrissait, et devenait tout triste et maladif ; et il en était fort inquiet. Il avait beau lui demander ce qui le rendait si triste et le faisait maigrir ainsi, l'enfant répondait toujours :

— Je ne sais pas.

Le jour où ses dix ans furent révolus, son parrain, le Prince Blanc, arriva, comme il l'avait promis.

— Eh bien ! et mon filleul ? demanda-t-il en arrivant.

— Il est allé à l'école, répondit le père. Ses maîtres sont très contents de lui, il apprend bien ; mais j'ai beau le soigner et le nourrir de mon mieux, au lieu d'engraisser et d'avoir bonne mine, comme cela devrait être, il est tout chétif et tout triste, et je ne sais vraiment pas ce qui en est la cause.

— Oh ! Moi, je le sais fort bien. Je vais le chercher à son école.

Et le prince se rendit à l'abbaye.

— Comment va mon filleul ? dit-il à l'abbé. Apprend-il bien ?

— S'il apprend bien ? Nous n'avons jamais vu d'enfant pareil. Nous n'avons plus rien à lui apprendre.

— Je vais l'emmener, alors. Veux-tu venir avec ton parrain ?

— Je ne demande pas mieux, répondit l'enfant.

Le prince remercia les pères, et emmena l'enfant. À la porte de l'abbaye, son cheval blanc l'attendait ; il monta dessus, prit son filleul sur ses genoux, et aussitôt le cheval s'éleva avec eux en l'air, si haut, si haut, qu'on les eut bientôt perdus de vue. Ils descendirent dans une grande avenue, auprès d'un beau château ; l'avenue était plantée d'arbres qui ne dépassaient pas la taille d'un homme.

— Vois, filleul, la belle porte en or qui ferme la cour de mon château ! La cour est toute pavée d'argent, et le château est tout en or et en diamants. Dans le jardin, est aussi une fontaine merveilleuse. Mais garde-toi bien d'aller te mirer dans l'eau de cette fontaine, car tu mourrais à l'instant. Mange et bois, puis, va te coucher, et demain je te dirai ce que tu auras à faire.

Le lendemain matin, quand Emmanuel eut déjeuné, son parrain l'emmena dans le jardin et lui dit :

— Vois-tu là-bas cette haute montagne ?

— Oui, parrain, je la vois.

— Eh bien ! il faut qu'avant le coucher du soleil tu l'aies nivelée, de manière à ce qu'il y ait une belle plaine là où elle est maintenant.

— C'est plus facile à dire qu'à faire cela ; mais, au moins, me donnerez-vous les outils nécessaires ?

— Oui, voilà une pioche, une pelle et une brouette.

Emmanuel partit avec la pelle, la pioche et la brouette. Arrivé au pied de la montagne, il la contemplait, en se disant :

— Il faut que mon parrain plaisante, ou qu'il ait perdu la tête ; niveler cette montagne, avant le coucher du soleil ! Autant vaut dormir, la chose n'en sera faite ni plus vite, ni plus tard.

Et il se coucha sur le gazon, à l'ombre d'un chêne, et dormit, comme s'il eût été dans son lit.

À midi, la fille aînée du château vint lui apporter à dîner, et, le voyant qui dormait tranquillement, elle le réveilla, et lui dit :

— Comment, vous dormez ?

— Et n'est-ce pas ce que j'ai de mieux à faire ? Je serais bien fou en vérité de vouloir niveler cette montagne, avant le coucher du soleil, et mon parrain plaisante, sans doute.

— Votre parrain ne plaisante pas, et si la montagne n'est pas nivelée, avant le coucher du soleil, il n'y a que la mort pour vous. Mais si vous voulez me promettre de m'être fidèle jusqu'à la mort, je vous tirerai d'embarras, et le travail sera terminé à temps. Me serez-vous fidèle jusqu'à la mort ?

— Oui, jusqu'à la mort !

— Eh bien ! écoutez-moi bien, et faites exactement comme je

vais vous dire. Gravissez la montagne, jusqu'au sommet. Arrivé là, vous apercevrez une énorme taupinière. Non loin de là se trouve une fontaine. Arrosez la taupinière avec de l'eau de la fontaine, et vous la verrez se fondre et disparaître peu à peu ; puis, la montagne s'affaissera aussi, jusqu'à ce qu'elle soit parfaitement nivelée. Au coucher du soleil, vous reviendrez au château, et vous pourrez parler, sans peur, et même grossièrement, à mon père, car j'en sais aussi long que lui, et, peut-être, un peu plus long.

Emmanuel fit exactement comme il lui avait été recommandé. Il gravit la montagne, arrosa la taupinière qu'il y trouva, avec de l'eau de la fontaine, et la taupinière s'abaissa et disparut, à mesure qu'il l'arrosait, puis la montagne, si bien qu'au coucher du soleil on ne voyait plus là qu'une immense plaine.

Emmanuel s'en revint alors au château, en sifflant et en chantant, comme un ouvrier content de sa journée.

—Eh bien ! filleul ; le travail est-il fait ? lui demanda son parrain, étonné de le voir revenir si joyeux.

—Oui, vieux singe, tout est terminé.

—Ce n'est pas possible.

—Regardez plutôt, si vous verrez encore notre montagne.

Et il leva le nez en l'air et ne vit plus de montagne.

—Eh bien ! va-t'en souper, et demain matin, je te trouverai encore de quoi t'occuper.

Et il alla souper, puis se coucha, et dormit fort bien.

Cependant la fille puînée dit à son père :

—Il ne lui a pas été difficile, à cet homme, de sortir victorieux de l'épreuve, puisque c'est ma sœur aînée qui a tout fait, car vous savez qu'elle en sait long, en fait de magie. Mais demain je veux aller, à mon tour, lui porter à dîner, et nous verrons s'il se tirera aussi facilement d'affaire.

—Oui, ma fille, tu iras lui porter à dîner.

Le lendemain matin, le maître du château dit à Emmanuel :

— Allons, tu as bien déjeuné, n'est-ce pas ? Au travail, à présent !

Et il le conduisit à un grand étang qui était auprès du château :

— Voilà un étang qui est rempli de poissons. Il faut, avant le coucher du soleil, le vider avec ce tamis et que tu m'en apportes tous les poissons.

— C'est bien, parrain, je tâcherai de vous contenter.

Il plongea deux ou trois fois son crible dans l'eau, pendant que son parrain était là, et celui-ci riait dans sa barbe, en le voyant faire. Mais dès qu'il fut parti, il se mit à dormir, à l'ombre.

À midi, la fille puînée vint lui apporter à dîner, et le voyant qui dormait sous un buisson, elle le réveilla, en le heurtant du pied.

— Eh bien ! grand paresseux, et le travail ? Pensez-vous donc qu'il se fera de lui-même ? Ah ! vous devez être bien contrarié que ma sœur aînée ne soit pas venue, aujourd'hui, vous apporter à dîner !

— Donnez-moi vite ma soupe, et laissez-moi la paix.

Et il mangea sa soupe, puis il jeta à la figure de la jeune fille ce qu'il en restait au fond de l'écuelle. Celle-ci accourut, en pleurant, s'en plaindre à son père.

— Consolez-vous, ma fille. Ce soir, quand il arrivera, il ne sera pas si fier, et son affaire est claire.

Cependant, la fille aînée retourna, dans l'intervalle, auprès d'Emmanuel, et lui dit :

— Vous avez bien fait de traiter ainsi ma sœur. Mais il faut nous mettre au travail, car le jour avance. L'épreuve est plus difficile que celle d'hier. Il faut que vous me coupiez la tête de dessus mon corps ; puis, vous la prendrez par les cheveux, et la jetterez le plus loin que vous pourrez dans l'étang. Vous recueillerez dans votre chapeau tout le sang qui coulera de mon corps, sans en laisser tomber une seule goutte par terre.

— Dieu ! que dites-vous là ? Je n'aurai jamais le cœur de vous couper la tête.

— Il le faut, pourtant, ou nous sommes perdus tous les deux. Tenez, voilà un couteau. Du courage, et ne craignez rien.

Emmanuel prit le couteau, s'arma de tout son courage, et trancha la tête de la jeune fille. Puis, la prenant par les cheveux, il la jeta le plus loin qu'il put dans l'étang. Aussitôt, tous les poissons vinrent au rivage, et se laissèrent prendre à la main. La tête vint aussi, quand il n'y eut plus de poissons dans l'étang, et elle dit :

— Hélas ! vous avez failli me perdre, et vous perdre vous-même ! Vous avez laissé tomber à terre quelques gouttes de mon sang. Replacez, vite, ma tête sur mon corps et versez-moi dans la bouche le sang que vous avez recueilli dans votre chapeau.

Il replaça la tête sur le corps et versa le sang dans la bouche.

— Laissez-moi dormir un peu, maintenant, car je suis bien faible ; le sommeil me donnera des forces. Quand vous rentrerez au château, au coucher du soleil, vous prendrez un poisson dans chaque main, en disant aux autres de vous suivre, et ils viendront tous après vous. Et quand vous arriverez, parlez hardiment, insolemment même, à mon père. Jetez-lui les poissons à la figure.

Au coucher du soleil, Emmanuel prit un poisson dans chaque main et se dirigea vers le château. Et tous les autres poissons de l'étang se mirent à le suivre, en si grande quantité que la route en était toute couverte. Le Prince Blanc l'attendait, avec sa seconde fille, sur le seuil de la porte de la cour. Ils furent grandement étonnés de ce qu'ils virent.

— Ah ! il vous faut du poisson, mon parrain ? Tenez, en voilà !

Et il lui jeta à la figure les deux qu'il avait dans ses mains.

— En voulez-vous encore ? et encore ?

Et il lui en jeta tant et tant, à lui et à sa fille, qu'ils crièrent bientôt :

— Assez ! Assez ! Grâce !

Et il cessa, alors.

— Allez dîner, puis vous coucher, filleul, lui dit le Prince Blanc, et demain matin, je vous trouverai de quoi vous occuper.

Et Emmanuel soupa, puis se coucha, et dormit fort bien.

Le lendemain matin, son parrain lui dit :

— J'ai un château qui n'a pas son égal au monde, tu le sais bien. Ses portes en sont d'or massif, la cour est toute pavée d'argent, les murailles sont en acier poli, et l'intérieur est tout resplendissant de diamants ; et pourtant, une chose me tourmente : c'est que le soleil ne luit jamais sur mon château. Il faut aller trouver le Père Éternel, pour lui demander quelle en est la cause.

— C'est bien, j'irai ! répondit Emmanuel.

Il se rendit auprès de la fille aînée du magicien et lui dit :

— Votre père me commande, à présent, d'aller trouver le Père Éternel, et de lui demander ce qui est cause que le soleil ne paraît jamais sur son château. Comment et par où aller là ?

— Hélas ! Je n'en sais rien, et pourtant, il faudra bien y aller. Mettez-vous en route avec confiance, Dieu vous conduira. Après avoir marché longtemps, vous vous trouverez au pied d'une haute montagne, appelée le Mont Sinaï. Il vous faudra gravir péniblement cette montagne, et de l'autre côté vous trouverez la mer. Vous verrez là un passeur, dans son bateau, et il vous conduira de l'autre bord. Je ne puis vous en dire plus long ; mais allez, à la grâce de Dieu, et ayez confiance.

Emmanuel partit. Il allait, il allait, au hasard, et à tous ceux qu'il rencontrait, il demandait le chemin pour aller chez le Père Éternel. Mais personne ne pouvait le renseigner à ce sujet, et plusieurs se moquaient de lui et le prenaient pour un pauvre innocent. Après avoir marché deux ans entiers, il se trouva un jour dans un chemin creux et étroit, où il vit deux arbres, un de chaque côté de la route, qui s'entrechoquaient si violemment que leur écorce et des esquilles de bois en jaillissaient en l'air. On aurait dit deux hommes qui se battaient, et ils semblaient même parfois faire entendre des cris de douleur, comme des cris humains. Il était impossible de passer, sans être broyé entre eux. Emmanuel s'arrêta un peu à les considérer, mais comme il ne pouvait passer d'un côté ou de l'autre, il dit :

— Cessez un moment, je vous prie, pour me laisser passer.

— Oui, si tu nous dis pourquoi, depuis six cents ans, on nous force de nous battre ainsi, impitoyablement.

— Je vais chez le Père Éternel, et je le lui demanderai.

— Passez alors.

Et ils le laissèrent passer, sans mal.

Plus loin, il rencontra, toujours dans le même chemin, une vieille femme qui filait, et son rouet barrait le chemin.

— Mettez un peu votre rouet dans le sens opposé, s'il vous plaît, grand-mère, pour que je puisse passer.

— Oui, si tu me dis pourquoi l'on me retient à filer, ici, depuis huit cents ans.

— Je vais chez le Père Éternel, et je le lui demanderai.

— Passe, alors.

Et elle écarta un peu son rouet et le laissa passer.

Il arriva ensuite sur le rivage de la mer ; il ne pouvait aller plus loin, à pied. Heureusement qu'il vit là un vieillard, dans une petite barque, qui paraissait attendre les passants.

— Auriez-vous la bonté de me passer, grand-père ? demanda-t-il.

— Oui, si tu me dis pourquoi on me retient ici, depuis neuf cents ans, et si j'ai longtemps à y rester encore.

— Je vais chez le Père Éternel, et je le lui demanderai.

— Entrez alors dans ma barque, et vous passerez la Mer Rouge.

Et il lui fit passer la Mer Rouge.

Il arriva alors au pied d'une montagne très haute et très escarpée. Il eut toutes les peines du monde à la gravir. Enfin, il arriva sur le sommet, en s'aidant des pieds et des mains, et là, dans une grande et belle plaine, il vit un nombre immense de petits agneaux qui bondissaient et qui chantaient. Mais leurs chants étaient tristes. Il poussa plus loin, et se trouva devant une belle chapelle. La porte en était fermée, il frappa, et un vieillard vint lui ouvrir. C'était saint Pierre.

— Salut, Père Éternel ! lui dit-il, en le voyant.

— Je ne suis pas le Père Éternel, mon fils. Je suis saint Pierre, et c'est ici ma maison. Mais un peu plus loin vous trouverez une autre chapelle, bien plus belle que celle-ci ; c'est la chapelle du Paradis, et là, vous verrez le Père Éternel, sur son trône.

Il poussa plus loin, et vit la chapelle dont lui avait parlé saint Pierre. Quelle belle chapelle, mon Dieu ! La porte en était fermée. Son cœur tremblait d'émotion. Il frappa, pourtant, tout doucement. La porte s'ouvrit, et il sortit de ce lieu une lumière si éclatante qu'il en fut tout ébloui et resta sans pouvoir parler.

— Bonjour à vous, Père Éternel.

— Bonjour, mon petit enfant chéri.

— Mon parrain, le Prince Blanc, m'a envoyé vous demander pourquoi le soleil ne paraît jamais sur son château si beau.

— Ah ! c'est que le Prince Blanc s'imagine qu'il n'existe personne de plus puissant que lui, parce qu'il est un grand magicien ; mais son erreur est grande. C'est moi qui ai créé l'or, l'argent, les perles et les diamants qui ornent son château, ainsi que tout ce qui est au monde ; c'est moi qui suis le maître du soleil, et nul autre que moi ne peut lui commander. Dis-lui cela, de ma part ; et pour lui prouver que tu as été jusqu'à moi, et que je suis vraiment le maître, dis-lui encore que, pendant quinze jours, je ferai luire le soleil sur son château, après quoi il n'y paraîtra plus !

—J'ai encore autre chose à vous demander, Père Éternel, puisque je suis venu jusqu'à vous : que signifient les petits agneaux que j'ai vus, dans une plaine, non loin d'ici, et dont les chants sont si tristes ?

—Ce sont, mon fils, les enfants morts sans baptême, et qui seront privés de la vue de Dieu, jusqu'à la fin du monde.

—J'ai aussi rencontré un vieux passeur qui m'a fait passer la mer, dans sa barque, à la condition que je vous demanderais s'il ne doit pas être délivré bientôt de sa pénitence.

—Dis-lui qu'il sera délivré quand il aura trouvé un autre pour prendre sa place. Mais ne le lui dis pas avant qu'il t'ait passé, ou il te forcera de rester à sa place.

—Et la vieille fileuse que j'ai rencontrée, dans un chemin creux, barrant le passage avec son rouet ?

—Celle-là a profané le dimanche. Dimanches et jours de fête, elle filait, comme les jours ordinaires ; et maintenant, elle devra filer jusqu'à ce qu'elle ait tué quelqu'un d'un coup de quenouille. Mais ne lui dis cela que quand elle t'aura laissé passer, car autrement, elle te tuerait.

—Et les deux arbres que j'ai vus s'entrechoquant et se battant ?

—Ceux-là sont deux époux qui se querellaient et se battaient constamment, quand ils étaient en vie ; et à présent ils doivent continuer de se battre sans relâche, jusqu'à ce qu'ils aient tué un homme entre eux. Mais ne leur dis pas cela avant d'avoir passé, autrement ils te tueraient toi-même.

—Merci bien, Père Éternel. Maintenant je vais retourner chez le Prince Blanc, et dire à chacun ce qui le concerne.

— Va, mon fils, et tâche de revenir me voir, après ta mort.

Et il se remit en route, pour s'en retourner. Arrivé auprès de la mer, le passeur l'attendait :

— Ah ! te voilà de retour ? lui dit-il.

— Oui, me voilà de retour.

— Et tu as vu le Père Éternel ?

— Oui, je l'ai vu.

— Eh bien ! pourquoi me retient-il ici, depuis neuf cents ans ?

— Passez-moi d'abord, et je vous le dirai ensuite.

— Non, je ne te passerai que lorsque tu me l'auras dit.

— Alors, vous ne me passerez pas, et vous ne saurez rien.

— Eh bien ! entre dans ma barque, je vais te passer.

Et il entra dans la barque. Quand ils furent au milieu du passage :

— Dis-moi, ici, ou je vais te jeter à l'eau.

— Vous ne sauriez vous y prendre plus mal, car, lorsque vous m'aurez noyé, il est certain que je ne pourrai vous rien apprendre.

Il le conduisit jusqu'à l'autre bord.

— Dis-moi, maintenant que te voilà passé.

— Vous devez rester là jusqu'à ce que vous ayez trouvé un autre pour prendre votre place.

— Ah ! que ne l'ai-je su plus tôt ! Il passe si peu de monde par ici ! Un homme tous les trois cents ans, peut-être.

Emmanuel poursuivit sa route, et arriva à la vieille fileuse qui barrait toujours le chemin avec son rouet.

— Eh bien ! mon fils, as-tu fait heureusement ton voyage ?

— Très heureusement, grand-mère.

— Et tu as demandé au Père Éternel pourquoi il me retient ici ?

— Oui, je le lui ai demandé.

— Et il te l'a dit ?

— Il me l'a dit.

— Pourquoi donc, mon fils chéri ?

— Ah ! laissez-moi passez d'abord, et je vous le dirai ensuite.

— Non, dis avant, mon petit cœur.

— Je ne puis le dire qu'après être passé.

— Eh bien ! passe.

Et elle écarta son rouet pour le laisser passer. Emmanuel lui dit alors :

— Vous êtes là, depuis huit cents ans, pour avoir profané le dimanche et les jours de fête, et vous y resterez encore, filant, filant toujours, jusqu'à ce que vous ayez tué quelqu'un avec votre quenouille.

— Ah ! malheur ! si j'avais su !... Il passe si peu de monde par ici !

Un peu plus loin, Emmanuel trouva les deux arbres qui s'entrechoquaient et se battaient pis que jamais.

— Eh bien ! lui dirent-ils. Sais-tu pourquoi nous nous battons ainsi, sans cesse ni repos, depuis six cents ans ?

— Oui, je le sais.

— Tu vas nous le dire, n'est-ce pas ?

— Oui, quand vous m'aurez laissé passer.

— Dis-nous avant.

— Non, je ne le dirai qu'après avoir passé.

— Eh bien ! passe alors, vite.

Et il passa, et leur dit :

— Vous êtes deux époux qui vous êtes querellés et battus toute votre vie, et vous ne devez cesser de vous quereller et de vous battre que lorsque vous aurez tué un homme entre vous deux !

— Ah ! si nous l'avions su plus tôt !

— Oui, vous m'auriez écrasé entre vous, n'est-ce pas ? Merci ! j'aime autant que ce soit un autre.

Et il continua sa route. Il arriva enfin chez son parrain.

Le Prince Blanc lui demanda aussitôt qu'il le vit :

—Eh bien ! filleul ! As-tu vu le Père Éternel ?

—Oui, parrain, je l'ai vu, et je lui ai parlé.

—Et que t'a-t-il répondu ?

—Il m'a dit : "Le Prince Blanc est un grand magicien, et il s'imagine pour cela qu'il n'existe personne de plus puissant que lui. Mais il se trompe. C'est moi qui ai créé l'or, l'argent, les perles et les diamants qui parent son château, ainsi que tout ce qui est dans le ciel et sur la terre ; c'est moi qui suis le maître du soleil, et nul autre que moi ne peut lui commander."

—Tu n'as pas été jusqu'au Père Éternel.

—Pour vous prouver que j'y ai été, et que tout ce que je viens de vous dire est vrai, je vous annoncerai encore que le soleil paraîtra pendant quinze jours sur votre château, à partir de demain, et que, les quinze jours écoulés, il n'y paraîtra plus.

—Si demain le soleil ne paraît pas sur mon château, il n'y a que la mort pour toi.

Le lendemain matin, le soleil levant projeta ses rayons sur le château du magicien, et y resta pendant toute la journée ; et il en fut ainsi pendant quinze jours consécutifs. Le Prince Blanc en fut si content, si heureux, persuadé qu'il était que cela durerait toujours, qu'il dit à Emmanuel de choisir pour sa femme celle qu'il voudrait de ses trois filles.

Elles étaient également belles toutes les trois, mais il choisit l'aînée qui l'avait secouru. Les deux autres réclamèrent.

Leur père dit alors :

—Demain je vous mettrai toutes les trois ensemble dans la même chambre, habillées absolument de la même manière, puis, Emmanuel sera introduit, ayant les yeux bien bandés, et il fera son choix.

Or, elles se ressemblaient de tout point, si bien que leur père même s'y trompait souvent.

Dans la nuit, la fille aînée, qui pouvait se rendre invisible à volonté, vint trouver Emmanuel dans sa chambre et lui dit :

— Voici un signe auquel vous me reconnaîtrez facilement. Mes sœurs auront leurs épingles placées horizontalement dans leurs vêtements, au lieu que les miennes seront placées verticalement.

— C'est bien, je m'en souviendrai.

En effet, le lendemain, il reconnut facilement, trop facilement même, la fille aînée parmi ses sœurs, et celles-ci réclamèrent, disant qu'il y avait tricherie, et demandant qu'on recommençât l'épreuve.

On convint donc que l'épreuve serait recommencée le lendemain.

La fille aînée vint encore trouver Emmanuel, et lui dit :

— Demain, pendant que vous nous tâterez, pour nous reconnaître, une petite mèche de cheveux se dénouera sur mon front, et vous me reconnaîtrez ainsi.

Le lendemain, donc, Emmanuel ayant encore reconnu sans peine l'aînée des trois sœurs, les deux autres réclamèrent encore et demandèrent une troisième épreuve.

— Je le veux bien, dit le père, mais ce sera la dernière.

La fille aînée revint trouver Emmanuel et lui dit :

— Demain, dans la journée, je mangerai du miel. J'aurai soin d'introduire deux mouches à miel dans la chambre de l'épreuve. Elles viendront voltiger et bourdonner autour de ma tête, et ainsi vous me reconnaîtrez encore facilement.

Voilà donc, pour la troisième fois, les trois sœurs dans la chambre d'épreuve, habillées de tout point de la même manière. On introduisit Emmanuel. Il se mit à les tâter, l'une après l'autre, et il était bien embarrassé, car il n'entendait aucun bruit, aucun bourdonnement autour d'aucune d'elles. Il hésitait, il était parfois tenté de dire : "Celle-ci !" puis il se retenait et recommençait son examen. Enfin, il allait se prononcer pour la plus jeune, il ouvrait déjà la bouche pour proclamer son choix, lorsqu'il entendit un petit frémissement d'ailes à sa gauche. Il se pencha de ce côté, prit la main de l'aînée qui se trouvait là, et dit :

—Celle-ci !

—Elle est à toi ! dit le Prince Blanc.

Et il lui enleva son bandeau. Le jeune homme reconnut qu'il ne s'était pas trompé.

—Mais il faut faire la noce immédiatement, pendant l'absence de ma femme, qui est allé à la chasse aux âmes, car elle pourrait n'être pas contente, et alors rien ne serait fait, dit le magicien.

Et on célébra la noce, le jour même, et il y eut un grand festin.

Mais, dans la nuit, la nouvelle mariée dit à son époux :

—Il faut partir et quitter le château, cette nuit même. Mon père est grand sorcier et magicien ; mais j'ai aussi étudié ses livres, et j'en sais aussi long que lui. Il n'y a que ma mère que je craigne ; elle doit être sur le point d'arriver, et il faut que nous soyons partis, quand elle arrivera. Il n'y a donc pas de temps à perdre. Tout le monde dort, à présent, dans le château.

Ils descendirent par la fenêtre, à l'aide de leurs draps de lit, prirent le meilleur cheval de l'écurie, montèrent dessus dos à dos et les voilà partis au triple galop. Emmanuel montait à l'envers, la figure vers la croupe du cheval, pour observer la route derrière eux.

J'allais oublier de dire qu'en partant ils avaient emporté de l'écurie une étrille, un bouchon de paille et une éponge.

La jeune sorcière demanda bientôt à son mari :

—Ne vois-tu rien venir ? regarde bien.

—Non, je ne vois rien encore.

Et ils allaient comme le vent.

Un instant après, elle demanda encore :

—Ne vois-tu rien venir ? Dis-moi quand tu verras le ciel s'obscurcir.

—Je vois un nuage noir qui vient sur nous.

—C'est mon père qui accourt ! Jette vite le bouchon de paille.

Il jeta le bouchon de paille par terre, et aussitôt trois cents meules de paille, très hautes et serrées les unes contre les autres, s'élevèrent là et barrèrent le passage. Le vieux magicien fut bien étonné de voir tant de meules de paille, et il resta les examiner.

—Qu'est-ce que ceci signifie ? se disait-il.

Il vit le bouchon de paille :

—Tiens ! se dit-il, le bouchon de paille de mon écurie ! Qui est-ce qui l'a apporté ici ? Je vais le porter à la maison.

Et il s'en retourna. Quand il arriva, sa femme, qui était de retour, et qui l'avait envoyé à la poursuite des fugitifs, lui dit :

—Tu ne les ramènes donc pas ? Ne les as-tu pas vus ?

—Non, je n'ai vu que trois cents meules de paille qui barraient le passage et, à côté, j'ai aperçu le bouchon de paille de notre écurie, et je suis venu le rapporter à la maison.

—Imbécile ! Mais c'étaient eux qui s'étaient métamorphosés. Tu n'as qu'à retourner, et vite, car ils doivent être loin, à présent.

Et le vieux sorcier reprit sa poursuite.

Cependant, nos jeunes époux n'avaient pas perdu de temps.

—Regarde, ne vois-tu rien venir ? disait sans cesse la jeune sorcière à Emmanuel.

—Si ! répondit celui-ci. Le ciel s'obscurcit encore, et le chemin se remplit d'une fumée noire et épaisse qui vient sur nous.

—S'il y a de la fumée, il y a aussi du feu quelque part. C'est encore mon père qui vient après nous. Jette vite l'éponge.

Il jeta l'éponge à terre, et aussitôt le cheval devint une chapelle,

Emmanuel, sacristain dans la chapelle, et sa femme, prêtre à l'autel, prêt à célébrer la sainte messe !

Le magicien arriva un instant après. Il fut étonné de voir cette chapelle, et s'arrêta pour l'admirer.

— Voici, se dit-il, une chapelle que je n'avais pas encore vue !

Et, après l'avoir examinée extérieurement, il entra.

— Voulez-vous me répondre la messe ? lui dit le prêtre.

— Répondre la messe ? Moi, jamais !

— Je vous prie de sortir, alors.

Et il sortit. Il aperçut à terre l'éponge de son écurie.

— Tiens ! se dit-il, l'éponge de mon écurie. Et qui donc l'a apportée ici ? Je vais la rapporter à la maison.

Sa femme, le voyant revenir seul, lui dit :

— Comment, tu reviens encore seul ?

— Ma foi, oui ! Je ne les ai pas vus.

— Et qu'as-tu donc vu ?

— J'ai vu une belle chapelle neuve, sur le bord de la route. Je suis entré dedans et je n'ai vu qu'un sacristain et un prêtre, au bas de l'autel, lequel m'a demandé si je voulais lui répondre la messe.

— Imbécile ! Le prêtre était ta fille, le sacristain, le ravisseur, et la chapelle, le cheval sur lequel ils sont partis. Retourne à leur poursuite, et sans perdre de temps, car ils n'en perdent pas, eux !

Et le vieux magicien retourna, en grommelant.

Cependant Emmanuel et sa femme gagnaient du terrain ; mais le cheval se fatiguait.

— Regarde encore, ne vois-tu rien venir ? lui dit la magicienne.

— Si ! Je vois encore une épaisse fumée qui remplit le chemin et qui s'avance rapidement sur nous.

— Il y a aussi du feu, quelque part ! Jette vite l'étrille à terre.

Il jeta l'étrille, et aussitôt une belle fontaine se trouva sur le bord de la route ! Le cheval fut métamorphosé en pierres de la fontaine, Emmanuel en l'eau de la fontaine, et la jeune sorcière en statuette de la Vierge, en une petite niche, au-dessus de l'eau.

Le vieux magicien arriva alors, tout essoufflé. Il vit la fontaine, à l'eau limpide et claire et, comme il avait soif, il ne put résister à la tentation d'y boire. En relevant la tête, il aperçut la statuette de la Vierge, dans sa petite niche. Et il la trouva si jolie qu'il fut tenté de la prendre et de l'emporter. Trois fois il étendit le bras pour l'atteindre... et trois fois il le retira et fut retenu par la crainte d'être accusé de vol. En se retournant il aperçut son étrille.

—Tiens ! se dit-il. L'étrille de mon écurie ! Et qui peut l'avoir apportée ici ? Je vais la rapporter à la maison.

Et il s'en retourna, sans plus songer à poursuivre les fugitifs.

—Encore seul ! cria sa femme en colère, en le voyant revenir. Tu ne les as donc pas vus ?

—Ma foi, non ! Et pourtant je suis allé bien loin.

—Et qu'as-tu donc vu ?

—J'ai vu, sur le bord de la route, une belle fontaine, que je ne connaissais pas, et comme j'étais fatigué, je me suis arrêté un peu pour y boire. Il y avait là, dans une niche, une petite statuette qui était bien jolie, et j'avais bien envie de l'emporter.

—Il fallait le faire, malheureux. Cette statuette, c'était ta fille !

—Comment, ma fille ?

—Eh oui ! Ta fille s'était changée en statuette, le ravisseur en l'eau de la fontaine, et le cheval en pierres de la fontaine ! Mais tu ne sais donc rien ? Le triste magicien que tu fais, vraiment ! Ta fille est bien plus forte que toi ! Il faut que j'aille moi-même et il est grand temps que je parte, car ils vont sortir de nos domaines, et échapper à notre pouvoir ! Allons ! Suis-moi !

Et elle partit avec un vacarme de tous les diables.

—Ne vois-tu rien venir ? dit à Emmanuel sa compagne. Et regarde bien, car c'est ma mère qui viendra, cette fois.

— Je vois le chemin tout rempli de fumée et de feu ! Il tonne, il pleut, il vente... C'est un vacarme d'enfer !

— C'est ma mère et mon père qui arrivent ! Voici le moment décisif !

Alors elle jeta en l'air une pelote de fil qu'elle avait, en retenant le bout du fil dans sa main. Elle, Emmanuel et le cheval, furent enlevés au bout de ce fil et changés en trois étoiles brillantes au firmament.

Le magicien et la magicienne arrivèrent aussitôt. Ne voyant, ne trouvant plus rien, la magicienne leva les yeux en l'air et reconnut les trois étoiles.

— Ah ! s'écria-t-elle, en montrant le poing et en écumant de rage. Tu es plus savante que moi, à ce que je vois, et tu m'échappes !

— Oui, je vous échappe, maudite sorcière, car vous ne pouvez pas, avec toute votre magie et votre sorcellerie, venir jusqu'ici, et vous ferez bien de vous en retourner au plus vite chez vous !

C'est ce qu'ils firent. Ils partirent tous les deux au milieu du tonnerre, des éclairs et d'une tempête épouvantable.

Les trois étoiles descendirent alors du firmament et reprirent leur forme naturelle ; et Emmanuel, sa femme et son cheval poursuivirent tranquillement leur route, exempts de toute inquiétude, car le Prince Blanc et sa femme avaient perdu leur pouvoir.

En arrivant dans son pays, Emmanuel trouva encore son père en vie. La jeune magicienne fut baptisée, elle renonça à sa science réprouvée, et le mariage fut aussitôt célébré.

Il y eut une noce magnifique, des festins, des jeux et des danses pendant un mois entier. Les pauvres gens ne furent pas oubliés ; tous les jours il y avait table ouverte pour les laboureurs de terre, les artisans et jusqu'aux moindres chercheurs de pain.

J'aurais bien voulu me trouver là ; au moins aurais-je assisté, une fois de ma vie, moi, pauvre mangeur de bouillie et de patates, à un festin de château !

Conté par Jean Le Person,
cordonnier à Plouared, 1869

(Revue des Traditions Populaires, n°9-10, 1886)

MAO KERGAREG
OU LE PACTE AVEC LE DIABLE

Il y avait une fois un seigneur si riche, si riche, qu'il ne savait pas où se trouvaient tous ses biens. Mais il menait une vie déréglée, si bien qu'il en arriva à avoir autant de dettes que d'avoir, et à être obligé de songer à mettre de l'ordre dans ses affaires.

Un jour, en examinant ses titres de propriété, il remarqua qu'un nommé Mao Kergareg occupait une terre qui lui appartenait et en jouissait comme si c'eût été son bien propre, ne lui payant jamais rien. Il fit appeler le paysan pour lui rendre des comptes.

En arrivant sous les murs du château, Mao remarqua que le diable était peint sur l'une des portes de la cour, celle de gauche, et Jésus-Christ sur l'autre, celle de droite. Il tira son chapeau au diable et lui fit la révérence, en disant :

— Saluons d'abord celui-ci qui, n'étant pas habitué à tant d'égards, m'en saura sans doute gré et m'en témoignera sa reconnaissance si je me trouve dans l'embarras, comme je le crains.

Puis il salua aussi l'image du Sauveur Jésus, mais moins bas, et il entra ensuite dans le château.

Le seigneur le reçut assez mal, parla haut, lui fit voir ses titres et dit que, si, dans huit jours, il n'avait pas payé tout l'arriéré qu'il lui devait, il ferait vendre tout son mobilier.

Mao s'en retourna soucieux et désolé, car il n'avait pas d'argent et ne savait pas comment s'en procurer. Il était, en outre, chargé d'une nombreuse famille.

Au sortir de la cour il salua encore le vilain personnage peint sur la porte de gauche, et pas celui de la porte de droite.

Il rencontra bientôt un seigneur inconnu monté sur un beau cheval noir.

— Bonjour, brave homme, lui dit l'inconnu.

— Bonjour, monseigneur, répondit le paysan.

— Je sais d'où tu viens, et ce qui te met tant en peine. Tu as été chez ton seigneur, le maître du château voisin, qui t'a mis en demeure de lui payer une forte somme, dans huit jours, sinon il vendra ton mobilier pour se payer ; or, tu n'as pas d'argent et ne sais pas comment t'en procurer.

— Tout cela est vrai, hélas !

— Eh bien ! je veux te venir en aide et reconnaître ainsi ta politesse envers moi.

— Vous êtes bien bon ; mais qui donc êtes-vous ?

— Celui dont tu as vu le portrait sur la porte de gauche du château, et que tu as salué avant l'autre sur la porte de droite.

— Ah ! oui… Mais… j'ai peur que vous ne me demandiez autre chose que des saluts, car, d'après ce que l'on raconte, vous n'avez pas l'habitude de vous contenter de si peu.

— Non, donnant donnant, rien de plus juste. Mais vois quelle est ta situation, et songe à ta famille.

— Eh bien ! quelles sont vos conditions ?

— Qu'un de tes enfants m'appartienne, que tu me le donnes, rien de plus.

— Non ! Jamais je ne consentirai à cela.

— Songe donc que tu as sept enfants, et que te voilà réduit à la misère par les exigences de ton seigneur.

—N'importe ! Je ne vous céderai aucun de mes enfants. Arrive que pourra.

—C'est à prendre ou à laisser, comme tu voudras. Mais décide-toi vite, car l'on m'attend ailleurs, et je suis pressé !

Mao se gratta la tête, réfléchit un moment, songea aux contes qu'il avait entendu conter aux veillées d'hiver et où le diable est toujours dupé dans ses marchés avec les hommes, espéra qu'il trouverait bien aussi quelque finesse pour se tirer d'affaire, et dit enfin :

—Eh bien ! Si vous voulez vous contenter de moi, au lieu des mes enfants, aux conditions que je vous dirai ?…

—Voyons tes conditions, car, après tout, toi ou un de tes enfants, il m'importe assez peu.

—Eh bien ! pendant trente ans, à partir d'aujourd'hui, je désire trouver tous les matins, en me levant, mille écus en or dans un petit coffret en bois de chêne que j'ai dans ma chambre, auprès de mon lit.

—Accepté ! Tous les matins, en te levant, pendant trente ans, tu trouveras mille écus en belles pièces d'or toutes neuves dans le petit coffre en bois de chêne que tu as dans ta chambre, auprès de ton lit, et au bout de ce temps tu me suivras où je voudrai te conduire.

—Oui, mais il faudra que jamais rien ne manque aux mille écus de chaque matin, ou, le jour où le compte n'y sera pas, je garderai tout ce que j'aurais reçu jusque-là et le marché sera rompu.

—C'est entendu ; et maintenant tu vas me signer avec ton sang le contrat que voici et que j'ai préparé d'avance.

Et il lui montra un parchemin avec un contrat en règle.

—Je ne sais pas écrire, répondit Mao, mais je ferai bien une croix tout de même.

— Non, pas de croix ! Mais tu vas me faire un rond là, et cela suffira.

Et l'inconnu descendit de cheval, piqua le bras de Mao avec la pointe d'un canif, trempa le bec d'une plume dans la goutte de sang qui en sortit, et dit, en présentant le parchemin au paysan :

— Là, fais là un rond, au bas du parchemin.

Mao fit un rond, et l'autre plia alors le parchemin, le mit dans sa poche, remonta sur son cheval et dit :

— Dans trente ans, jour pour jour, tu te retrouveras ici ; et prends garde d'y manquer, car je saurai bien te découvrir en quelque lieu que tu te caches.

Et il partit là-dessus.

Mao continua de son côté vers sa maison, impatient de visiter son coffret et en se disant :

— Mille écus par jour pendant trente ans ! Personne ne sera aussi riche que moi dans le pays, et je pourrai à mon tour me moquer de mon seigneur ; et quant à l'autre, le vieux Gwilhou, — car c'est bien lui —, en trente ans, en y songeant, je trouverai bien quelque bon tour pour me débarrasser de lui.

Tout en faisant ce raisonnement, il marchait d'un pas léger, et se trouva bientôt en présence d'un second cavalier, monté sur un cheval blanc et qui ressemblait beaucoup au personnage du Sauveur figuré sur la porte de droite du château.

Le cavalier s'arrêta et, avec bonté, lui parla de la sorte :

— Bonjour, mon brave homme.

— Bonjour, monseigneur, répondit Mao.

— Je connais votre embarras et je vous propose de vous venir en aide. Vous devez payer une forte somme à votre seigneur dans quinze jours, vous n'avez pas d'argent et votre famille est nombreuse.

— Vous vous trompez ; je n'ai besoin du secours de personne, et j'ai de l'argent à la maison bien plus qu'il ne m'en faut pour payer mon seigneur. Merci pourtant de votre offre.

Et là-dessus, il continua sa route en sens inverse du cavalier au cheval blanc.

En arrivant à la maison, il monta aussitôt à sa chambre et dit à sa femme de le suivre.

Il ouvrit devant elle le coffre de chêne, et elle resta toute ébahie, à la vue de belles pièces d'or qui s'y trouvaient.

— Jésus, mon Dieu ! s'écria-t-elle, d'où vient tout cet or ?

— Ne t'en inquiète pas, répondit Mao, je sais bien d'où il vient, et c'est mon affaire…

Et tous les matins ensuite, il compta mille écus en or dans son coffre, si bien qu'il devint riche en peu de temps, paya son seigneur, acheta son château et y alla demeurer avec sa famille.

Personne ne comprenait rien à une fortune si rapidement faite, et l'on ne pouvait s'en rendre compte que par la découverte d'un trésor.

Quelques-uns, pourtant, parlaient tout bas de magie et de sorcellerie ; mais on eut beau observer, on ne vit pas qu'il hantât le sabbat et les sorciers : on n'y comprenait rien enfin.

Mao éleva bien ses sept fils et les envoya aux meilleures écoles où ils obtenaient de brillants succès.

L'un d'eux devint archevêque, un autre évêque, le troisième, vicaire général, le quatrième était recteur de paroisse, le cinquième vicaire, un autre était ermite dans un bois. Et le septième, le plus jeune, s'était fait chef de brigands, détroussant les voyageurs sur les grands chemins, pillant les châteaux et les couvents, et terrorisant tout le pays avec sa bande. C'était la désolation de son père, de sa mère et de ses frères.

Cependant le terme fatal approchait, et Mao Kergareg devenait de jour en jour plus triste et plus soucieux.

Mais ses enfants, à l'exception d'un seul, étaient de si saints personnages qu'il comptait sur eux pour le tirer du mauvais cas où il s'était mis.

Il alla se confesser à celui qui était recteur de sa paroisse, et il lui conta tout. Le prêtre frémit d'épouvante à une révélation si inattendue, dit qu'il n'avait pas de pouvoir suffisant pour un cas si grave, et renvoya son père à son frère l'évêque. Celui-ci fit la même réponse et le renvoya à l'archevêque, lequel le renvoya à l'ermite dans la forêt.

L'ermite était un saint homme qui passait sa vie à prier et à se mortifier, et n'avait d'autre société que celle des animaux du bois, avec lesquels il vivait dans les meilleurs rapports, et ils se rendaient des services réciproques.

Tous les jours son ange gardien venait le visiter et causer avec lui familièrement.

Mao trouva l'ermite qui priait, sur le seuil de sa porte, les yeux levés au ciel. Il attendit qu'il eût terminé sa prière, puis il lui remit une lettre de son fils l'évêque qui lui expliquait le cas désespéré de leur père. L'ermite lut la lettre et, les larmes aux yeux, il dit :

— Hélas, mon père ! Le cas est tellement grave que je n'y ai aucun pouvoir, pas plus que mes frères. Mais passez la nuit sous mon toit, je prierai pour vous jusqu'au matin et alors je pourrai peut-être vous donner un bon conseil.

Au milieu de la nuit, pendant que le père brisé par la fatigue dormait, le fils reçut, à l'heure ordinaire, la visite de l'ange qui lui parla de la sorte :

— Aucun pouvoir sur la terre ne peut délier votre père du fatal contrat signé de son sang ; mais j'implorerai pour lui la Sainte Vierge, et demain je vous rapporterai sa réponse.

Et l'ange s'envola vers le ciel, et l'ermite continua de prier jusqu'au jour.

—Eh bien ! mon fils ? demanda le père quand il s'éveilla.

—Eh bien, mon père ! j'ai reçu comme d'habitude la visite de mon bon ange, et je l'ai entretenu de votre cas. Il m'a promis d'implorer en votre faveur la Sainte Vierge qui, à son tour, implorera son divin fils, et il m'apportera sa réponse cette nuit. Restez donc encore avec moi jusqu'à demain matin, et nous passerons cette journée à prier et à pleurer pour l'expiation de votre crime.

L'ange remonté au ciel s'agenouilla aux pieds de sa Maîtresse, la Sainte Vierge, et implora sa protection toute puissante pour le père de son ermite. La Sainte Vierge compatit au malheur de Kergareg, et alla intercéder pour lui auprès de son divin Fils.

—Kergareg, dit le Sauveur, a salué le diable avant moi, sur la porte du château de son seigneur ; il a même repoussé mes offres de service contre son ennemi, à qui il venait de vendre son âme pour de l'or, par un pacte signé de son sang, et qui est aujourd'hui dans l'enfer. Je veux bien pourtant m'intéresser à lui, puisque vous m'en priez, ma mère, et à cause de ses enfants qui sont des saints, à l'exception du plus jeune. Mais, avant de pouvoir obtenir son pardon il faut qu'il aille lui-même, pendant qu'il est encore en vie, retirer des mains de Satan le contrat avec lequel il s'est vendu à lui pour de l'or. C'est là un voyage périlleux, et pour lequel il faut un grand courage ; mais je l'y aiderai de manière à lui rendre le succès possible. Voici une baguette blanche que vous lui remettrez et avec laquelle il pourra, s'il a confiance en moi, tenir en respect les démons et forcer Satan à restituer le contrat signé de son sang. Mais il faut qu'il se rende dans l'enfer, avant que le temps soit tout à fait expiré, autrement le succès serait impossible, et Satan serait dans son droit en exigeant la stricte exécution du pacte.

La Sainte Vierge remercia son divin Fils, prit la baguette blanche et la remit à l'ange qui s'empressa de l'aller porter à l'ermite avec les instructions nécessaires.

L'ermite parla de la sorte à son père, quand l'ange se fut retiré :

— Tout espoir n'est pas encore perdu, mon père, et, grâce à l'intercession de mon bon ange et de la Sainte Vierge, le Bon Dieu, dont la miséricorde est inépuisable pour le pécheur repentant, daigne s'intéresser encore à vous et vous fournir les moyens de vous sauver des griffes de Satan. Mais, il vous faut armer de courage et affronter des grands dangers.

— Nul danger ne sera au-dessus de mon courage, mon fils.

— Voici ce que vous devez faire, mon père. Il vous faudra aller, vivant, en enfer, pour arracher des mains de Satan le fatal contrat signé de votre sang, et cela avant l'expiration du terme qui aura lieu dans trois jours.

— Aller dans l'enfer !... Mais personne n'en est jamais revenu !... Et pourtant j'ai pleine confiance en Jésus, puisque c'est lui-même qui me parle par votre bouche, et je tenterai l'épreuve.

— Voici une baguette blanche que mon bon ange m'a rapportée du ciel pour vous remettre, et qui vous rendra l'entreprise possible ; avec elle, vous tiendrez les démons en respect et pourrez forcer Satan à vous remettre le contrat.

— Mais, comment aller en enfer avant d'être mort ? Qui m'indiquera le chemin ?

— Si quelqu'un le connaît sur la terre, ce doit être mon jeune frère, le chef des brigands ; je le crois déjà fort avancé sur ce chemin. Il faudra donc l'aller trouver dans la forêt où il demeure avec sa bande. Je vais vous écrire une lettre que vous lui donnerez et qui le mettra au courant de votre situation.

Et l'ermite écrivit une lettre, la remit à son père, le bénit, et le vieillard se mit en route.

Il arriva à la nuit tombante sur la lisière du bois où se trouvaient les brigands. Deux hommes s'élancèrent d'un buisson, lui mirent la main au collet et crièrent, en appuyant leurs pistolets sur sa poitrine :

— La bourse ou la vie !...

Il leur montra sa lettre et demanda à être conduit devant leur chef. Ils le firent entrer dans le bois et le conduisirent à leur repaire. Il remit sa lettre au chef qui ne le reconnut qu'après l'avoir lue.

— Comment, c'est vous, mon pauvre père ? Et dans quelle situation ! lui dit-il en s'attendrissant et en s'apitoyant sur le sort du vieillard. Je vois bien que le temps presse, et je vais vous mettre moi-même sur le bon chemin pour vous rendre à votre destination.

Et il le conduisit à l'ouverture d'une caverne, au fond du bois, et lui dit :

— Voilà ! Vous n'avez qu'à entrer dans cette caverne, à marcher tout droit devant vous, malgré l'obscurité, et vous arriverez dans une plaine où vous verrez un vieux château, tout noir, et entouré de hautes murailles. Vous frapperez à la porte de fer de ce château, et on vous ouvrira. Et puisque vous y allez avant moi, — car je dois y aller aussi un jour —, demandez donc à voir la place qui m'est réservée dans ce séjour, et, si vous en revenez, — ce qui me paraît douteux —, vous m'en donnerez des nouvelles au retour.

Et là-dessus, le brigand s'en retourna, pensif et le cœur ému de compassion, ce qui l'étonnait. Et son père s'engagea sous la voûte sombre.

Il marcha longtemps, tenant à la main sa baguette blanche, qui luisait dans l'ombre et éclairait sa marche, et arriva enfin à la vallée où se trouvait le château. Il frappa à la porte de fer. Le guichet s'ouvrit et une figure hideuse et cornue s'y montra et demanda :

— Qui est là ?

— Mao Kergareg, répondit-il.

— Mao Kergareg ! Oui, votre siège est là, qui vous attend, à côté de celui de votre fils le brigand ; mais nous ne vous attendions que demain.

— Allez dire à votre maître que je suis là et que je demande à lui parler.

Et on alla prévenir Satan qui vint aussitôt.

— Comment, l'ami Mao Kergareg, c'est toi déjà ? Je ne t'attendais que pour demain. Mais puisque te voilà, entre et sois le bienvenu !

Et le portier ouvrit la porte, et Mao entra.

— Placez-le sur son siège, dit alors Satan.

Et quatre diables horribles s'avancèrent vers Mao pour le porter sur son siège. Mais il lui suffit de les toucher de sa baguette blanche pour les faire reculer en poussant des cris épouvantables. Quatre autres se présentèrent pour les remplacer, sur l'ordre de Satan, et dès qu'ils furent touchés de la baguette ils reculèrent aussi, en se tordant dans des convulsions horribles.

— Qu'est-ce à dire ? s'écria Satan.

Et il s'avança, furieux, pour poser sa griffe sur Mao. Mais, touché par la baguette, il recula comme les autres, en écumant de rage.

— Dehors, cria-t-on de tous côtés, dehors ! l'homme venu avant son heure, et qui a sur lui quelque relique sainte !...

Mais personne n'osait plus approcher de lui, et, impassible au milieu des cris et des imprécations, il dit :

— Je ne m'en irai, Satan, que lorsque tu m'auras remis le

parchemin signé de mon sang !

— Tu ne l'auras pas ! Va-t'en vite et, demain, tu reviendras pour rester toujours.

— Il me faut le parchemin, te dis-je, ou il t'en cuira.

— Tu ne l'auras pas. Va-t'en, chien !

Et Mao, de sa baguette blanche, cingla Satan et son entourage, tant et si bien qu'ils criaient :

— Grâce ! Grâce ! Qu'on lui rende son parchemin, et qu'il s'en aille au plus vite !

Satan lui jeta le contrat en s'écriant :

— Tiens, le voilà ton parchemin, et pars vite à présent… Mais tu nous reviendras bientôt, et je me vengerai.

Mao prit le parchemin, le mit dans sa poche, et allait sortir, quand il se rappela la recommandation de son fils le brigand, de demander à voir la place qui lui était réservée dans l'enfer.

— Avant que je m'en aille, dit-il, je veux que vous me fassiez voir encore la place que vous nous réservez, à mon fils le brigand et à moi.

Et le Diable Boiteux, lui montrant, au milieu des flammes, deux sièges de fer chauffés à blanc, lui dit :

— Tiens, les voilà !

Mao frémit d'horreur et partit aussitôt, avec son contrat dans sa poche.

Il retourna auprès de son fils le brigand pour lui donner des nouvelles de ce qu'il avait vu dans l'enfer.

— Eh bien, mon père ! lui dit le brigand en le voyant revenir. Vous avez réussi dans votre entreprise, puisque vous êtes revenu ?

— Oui, mon fils, j'ai réussi, grâce à Dieu et à la Sainte Vierge, et aussi à la baguette blanche que votre frère m'a donnée et qui m'a été utile.

— Et vous avez été dans l'enfer, et vous en rapportez le

parchemin signé de votre sang ?

— J'ai été dans l'enfer, et j'en rapporte le parchemin signé de mon sang. Le voilà.

Et il lui montra le parchemin.

— Et avez-vous aussi demandé à voir la place qui m'était réservée là-bas ?

— Oui, mon fils, je l'ai vue.

— Eh bien ! mon père ?

— Ah ! Mon pauvre enfant !… C'est un siège de fer, chauffé à blanc, au milieu des flammes ; et à côté est celui qui m'était destiné à moi-même ; j'en frémis encore d'horreur quand j'y songe.

— Eh bien ! Mon père, vous voilà, à présent, sorti des griffes de Satan, et à l'abri de tout danger. Mais moi !… Pendant votre voyage, j'ai réfléchi sur ma situation ; j'ai congédié mes compagnons chargés de tous les crimes possibles, comme moi-même ; je me suis confessé au recteur de la paroisse la plus voisine, il m'a dit qu'aucun crime n'était au-dessus de la clémence divine, que la miséricorde de Dieu est sans bornes, et que, avec un repentir sincère et une pénitence des plus dures, je pouvais encore être pardonné et sauvé. Je le crois, puisque vous-même vous avez trouvé grâce et miséricorde et j'ai confiance. Je ne reculerai devant aucune pénitence, aucun supplice.

Nous ne raconterons pas les épouvantables macérations auxquelles l'ancien brigand se livra par une inspiration du ciel, pour échapper à cette place d'enfer qui était déjà marquée pour lui ; il mourut de sa rude pénitence, et, comme on ignorait s'il était enfin digne de grâce, son père, pour le savoir, obéit au testament que son fils lui avait fait durant sa pénitence.

À minuit, lui avait-il dit, au clair de la lune, vous poserez mon cercueil en travers sur le mur du cimetière de la paroisse, de manière qu'il ne penche pas plus en dedans qu'en dehors, puis, vous vous retirerez sous le porche de l'église pour observer ce qui se passera. Bientôt vous verrez venir de deux points opposés de l'horizon, du levant et du couchant, une colombe blanche et un corbeau noir, qui se livreront un combat acharné autour du cercueil. Le corbeau essayera de le faire tomber hors du cimetière, en le battant de ses ailes, et la colombe blanche, de son côté, fera tous ses efforts pour l'envoyer dans le cimetière. Si le corbeau l'emporte, je serai perdu sans rémission ; mais si la victoire reste à la colombe blanche, je serai sauvé, et mon âme s'envolera aussitôt au Paradis où vous viendrez me rejoindre.

À minuit donc, il alla placer le cercueil de son fils en équilibre sur le mur du cimetière de la paroisse. Puis il se retira sous le porche. Un moment après il vit arriver, de deux points opposés de l'horizon, de l'orient et de l'occident, une colombe blanche et un corbeau noir. Le corbeau, le premier, passa au ras du cercueil, et d'un vigoureux coup d'aile, il le fit pencher sensiblement en dehors. La colombe blanche passa à son tour et le rétablit dans sa position première. D'un second coup d'aile le corbeau le fit pencher de nouveau en dehors et plus fortement : la colombe blanche le rétablit encore en équilibre, et avec avantage cette fois. Enfin le combat dura environ une demi-heure, avec des chances diverses, et Mao, du fond du porche, en suivait les péripéties et les alternatives avec une anxiété mortelle... La colombe blanche finit par l'emporter ; le cercueil tomba dans le cimetière et en tombant il s'ouvrit, et il en sortit une autre colombe blanche qui se joignit à celle qui avait si courageusement combattu contre le corbeau noir. Mao Kergareg en mourut de joie, sur la place, et, au lieu de deux colombes blanches, on en vit trois s'élever ensemble vers le ciel.

C'étaient les âmes purifiées du père, du fils et de sa mère. Dieu avait permis à cette dernière de venir assister son fils, sous cette forme.

Conté par Marguerite Philippe,
Plouaret, 1887

L'HÉRITAGE DES ENFANTS DE HERVE KERAVEL

Autrefois, dans les temps anciens, vivait, au village de Kernaon, un pauvre homme, nommé Herve Keravel, qui vivait de la charité publique. Sa femme, Janed ar Balc'h, était morte, et il était resté veuf avec trois jeunes garçons, Goulven, Melar et Louarn.

Quand le bonhomme mourut, à son tour, il laissa à ses fils pour unique héritage un coq, une faucille et une pelote de fil d'étoupe, qu'ils partagèrent entre eux.

Goulven, en sa qualité d'aîné, eut le choix, et prit le coq ; Melar, le puîné, eut la faucille, et Louarn, le cadet, dut se contenter de la pelote de fil d'étoupe.

Ils résolurent de voyager, pour chercher la fortune, en emportant chacun sa part de l'héritage paternel.

Ils partirent ensemble, un beau matin de juin. Mais bientôt, à un carrefour, où se trouvait une vieille croix de pierre, ils convinrent de prendre des routes différentes et de se retrouver au même endroit, dans un an et un jour, pour se faire part réciproquement de leurs aventures.

Suivons d'abord Goulven et son coq.

Après avoir marché longtemps, étant arrivé dans un pays qu'il ne connaissait point, il se trouva, un soir, au coucher du soleil, sous les murs d'un vieux château entouré de bois. Il frappa à la grande porte de la cour, et le portier vint lui ouvrir. Il le salua poliment et lui demanda si le maître du château n'avait pas besoin d'un coq.

—Un coq, qu'est-ce que cela ? lui dit le portier.

—C'est ce joli animal que voici.

Et il le lui fit voir, en passant la main sur son beau plumage rouge.

—Il est bien joli, en effet, mais à quoi sert-il aussi ?

—Eh bien ! il annonce, tous les matins, le lever du soleil et la venue du jour et ne se trompe jamais.

—Si cela est vrai, cet animal serait bien utile à monseigneur qui se plaint toujours de ne savoir jamais l'heure qu'il est. Le château est entouré de bois si hauts et si touffus qu'ils interceptent entièrement les rayons du soleil, et nous ne savons jamais bien, ici, à quelle heure du jour l'on est, et cela est fort incommode. Suivez-moi, et je vais vous conduire à monseigneur.

Et il conduisit Goulven à une grande salle du rez-de-chaussée, où le seigneur et sa dame se chauffaient devant un grand feu, assis chacun dans un fauteuil, aux deux côtés d'un vaste foyer, et écoutant un vieillard qui leur contait des contes et chantait des chansons, pour les divertir.

—Quoi de nouveau, portier ? demanda le seigneur en le voyant entrer.

—Voici un homme, monseigneur, qui vient de loin vous proposer de lui acheter un précieux animal que vous lui voyez sur le bras.

—Comment s'appelle donc cet animal, et qu'a-t-il de si extraordinaire ?

—Il s'appelle "coq", et, tous les jours, il annonce, sans jamais se tromper, le lever du soleil et la venue du jour.

—Est-ce bien vrai ? demanda le seigneur à Goulven.

—Parfaitement vrai, monseigneur.

—Eh bien ! Voilà ce que je cherche depuis longtemps ; nous ne savons jamais, ici, à quel point du jour ou de la nuit nous en sommes. Combien veux-tu de ton coq ? N'est-ce pas coq que tu l'appelles ?

—Oui, monseigneur, coq ; j'en veux cent écus.

—C'est entendu, tu auras cent écus, mais à la condition que l'animal nous annoncera exactement l'arrivée du jour, comme tu l'as promis. Tu resteras ici huit jours, et après, si je suis content, je te donnerai les cent écus, et tu pourras partir.

Le coq fit son devoir, à la satisfaction de tout le monde, annonçant régulièrement l'arrivée du jour, et, les huit jours expirés, Goulven reçut les cent écus promis et partit, heureux de posséder plus d'argent qu'il n'en avait jamais vu, et se croyant riche et à l'abri du besoin pour toujours.

Il y avait huit mois qu'il était parti de la maison, il lui en fallait bien quatre pour y retourner et arriver au terme convenu, et il se remit gaiement en route.

Mais, pendant qu'il chemine, voyons ce que sont devenus ses deux frères.

D'abord Melar avec sa faucille.

Il essaya de vendre sa faucille dans les fermes de sa paroisse, puis dans les paroisses avoisinantes, mais sans le moindre succès. Il en demandait invariablement cent écus, et on lui en offrait vingt sous, vingt-cinq sous, et au plus trente sous. On croyait que c'était par plaisanterie qu'il demandait cent écus, et on en riait ; mais comme il persistait, on le traitait d'imbécile, d'idiot, et on le huait et bafouait. Il ne se décourageait pourtant pas, et allait plus loin, toujours plus loin. Après avoir marché longtemps, poussant toujours devant lui, au hasard, il arriva dans un pays où il vit une vingtaine d'hommes et de femmes occupés, dans une vaste plaine, à couper du blé mûr avec des couteaux de bois ou d'os. Cela l'étonna fort, et il s'approcha d'eux et dit :

— Comment, mes pauvres gens, pouvez-vous vous donner tant de mal inutilement ? Il vous faudra plus d'un mois, à ce train-là, pour couper tout ce blé, au lieu que moi, tout seul, je pourrais le faire en deux jours avec l'instrument que voici.

Et il leur montrait sa faucille.

— Vous vous moquez de nous, lui répondit-on. Laissez-nous travailler et passez votre chemin.

— Je ne me moque pas de vous, et je vais vous le prouver.

Et Melar, avec sa bonne faucille, se mit à abattre du blé, comme quatre, au grand ébahissement des moissonneurs et moissonneuses.

— Eh bien ! qu'en dites-vous ? leur demanda-t-il, après avoir couché tout un sillon par terre, en quelques minutes.

— C'est merveilleux, et un instrument pareil nous épargnerait bien du mal. Est-ce que vous consentiriez à le vendre ?

— Volontiers, si l'on m'en donnait un prix convenable.

— Il faut prévenir le maître, et le prier de venir voir.

Et un des moissonneurs courut au château, et revint sans tarder, accompagné du seigneur.

Melar, en un moment, coucha à terre un second sillon, sous ses yeux, et il en fut tellement émerveillé qu'il voulut lui acheter immédiatement la faucille.

— Comment appelles-tu ce merveilleux instrument ? lui demanda-t-il.

— Faucille.

— Eh bien ! veux-tu me vendre ta faucille ?

— Volontiers, si vous m'en offrez un prix convenable.

— Combien en veux-tu ?

— Cent écus.

— C'est entendu. Viens avec moi au château, et je vais te

compter cent écus.

Melar accompagna le seigneur au château, reçut les cent écus, plus un bon repas, tant il était content, puis il se remit en route pour retourner au pays, heureux comme un roi.

Voyons maintenant ce que devient le cadet Louarn, avec sa pelote de fil d'étoupe.

À peine eut-il quitté ses deux frères qu'il laissa sa pelote tomber dans une mare. Il l'en retira toute salie et souillée, ce dont il fut désolé, car il ne pouvait songer à la vendre dans cet état. Il la lava à une fontaine d'eau claire, au bord de la route ; puis, pour la sécher, il la dévida et étendit le fil sur le pré voisin. Mais il ventait fort, du nord ; un tourbillon passa, qui enleva le fil et le dispersa au sommet des arbres et ailleurs.

— Voilà que le vent du nord me vole mon héritage !...

Et il se mit à pleurer et à jurer après le vent du nord.

— Que vais-je faire à présent ? Je ne veux pas m'en retourner comme cela au pays. Je vais me mettre à la poursuite du voleur et je ne m'arrêterai pas que je ne l'aie trouvé et forcé à me rendre mon fil, ou à me le payer cent écus.

Et le voilà en route vers le nord. Il demandait à tous ceux qu'il rencontrait :

— Savez-vous où demeure le vent du nord, ce voleur qui m'a enlevé mon fil, toute ma fortune ?

Les uns haussaient les épaules et passaient ; d'autres songeaient :

— Le pauvre fou !

Et on lui disait :

— Allez toujours vers le nord, et vous finirez par le trouver.

À force de marcher, il arriva sur une grande lande nue et désolée, au milieu de laquelle il aperçut une pauvre habitation faite de mottes de terre et de branchages d'arbres et ouverte à tous les vents. Il se dirigea vers elle, trouva la porte ouverte, entra et aperçut au fond deux pauvres vieillards qui paraissaient vieux comme la terre, et qui se chauffaient en grelottant à un pauvre feu.

— Est-ce ici la maison du vent du nord ? demanda-t-il brusquement.

— Oui, répondit le vieillard. Que me voulez-vous ?

— Ah ! je vous trouve donc enfin, méchant voleur ! À nous deux à présent. Vous allez me rendre mon fil, ou me le payer, sinon ce bâton va vous caresser les épaules.

Et il lui montrait son bâton terminé en boule, son *penn-bazh.*

— De quel fil voulez-vous donc parler ? demanda le vieillard.

— De la pelote de fil d'étoupe que mon père m'a laissée pour tout héritage, que j'avais étendue à sécher sur un pré, et que vous m'avez enlevée, en passant, et dispersée au sommet des arbres.

— Ce n'est que cela ? Vous faites vraiment beaucoup de bruit pour peu de chose : une pelote de fil d'étoupe !

— Mais c'est toute ma fortune, ce fil, et vous allez me le rendre ou le payer cent écus, sinon je vais jouer du bâton sur votre dos.

— Je ne puis pas vous rendre votre fil. Je n'ai pas non plus d'argent à vous donner. Mais comme je suis un honnête homme, je veux vous dédommager amplement du tort que je vous ai fait. J'ai là une oie blanche qui… fait en or ce que les autres font autrement. Je veux bien vous la céder, et, pendant que vous la possèderez, vous ne manquerez pas d'or, ni d'autre chose, par conséquent.

On lui fit voir l'oie, on lui montra l'or qu'elle produisait, et il l'accepta avec joie, et se calma. Comme la nuit était venue, le vieillard lui proposa l'hospitalité jusqu'au lendemain matin, ce qu'il accepta, et les voilà bons amis. Il se coucha sur un tas de bruyères et de fougères sèches, au bas de la hutte, et attacha l'oie, par une ficelle, à son pied, pour qu'on ne la lui dérobât pas, car il avait remarqué que la vieille grognait et n'était pas contente.

Comme il était fatigué, il dormit profondément, malgré le vacarme que firent, toute la nuit, les fils des deux vieux, en arrivant et en repartant, et pendant son sommeil, la vieille substitua une autre oie blanche à la sienne, sans qu'il s'en aperçût.

Au point du jour, il s'éveilla et partit, en emportant une oie ordinaire, au lieu du trésor qu'il croyait posséder.

Le soir, il s'arrêta dans un gros bourg, entra à la meilleure auberge et se fit servir un bon repas, comptant sur son oie pour payer son écot. Le lendemain matin, il fit encore un bon déjeuner ; puis, le moment de payer venu, il pria son oie de faire son devoir. Mais, hélas ! l'oie, au lieu de pièces d'or, ne rendit que ce que rendent d'ordinaire les oies, et il vit clairement qu'on l'avait joué. Il lui fallut laisser son oie pour payer son écot.

Mais il courut, furieux, à la maison du vent du nord, entra comme un ouragan, en tempêtant et en criant :

—Ah ! vieux brigand, tu m'as trompé ! Mais tu vas me le payer !

Et il s'avança vers le vieillard, le bâton levé, en criant :

—Tu m'as trompé, méchant vieillard ! Je vais t'en punir !

—Calmez-vous, mon enfant, répondit tranquillement le vieillard : si vous avez été trompé, ce n'est pas par moi.

—Si ce n'est toi, c'est donc ta coquine de femme qui m'aura dérobé l'oie pendant mon sommeil.

—Calmez-vous, vous dis-je, et je vous dédommagerai de manière à ce que vous ne regretterez pas l'oie perdue.

—Que me donnerez-vous à la place ?

—J'ai bien là un bâton qui a cela de particulier que, lorsque la personne qui le tient à la main lui dit : "Bâton, fais ton devoir !" le bâton se jette sur la personne ou l'animal qu'on lui désigne, et ne cesse de frapper que quand on lui dit : “Bâton, dans ma main !” et alors il revient de lui-même dans la main de son maître. Veux-tu que je te donne ce bâton ?

—Oui, avec lui je saurai me faire rendre l’oie que l’on m’a volée, et me faire craindre et obéir, partout où j’irai.

Le vieillard lui donna le bâton, et l’invita à passer encore la nuit sous son toit.

En se couchant, Louarn plaça le bâton sous sa tête et ne dormit pas cette fois car le repas avait été frugal et, de plus, il se défiait un peu de ses hôtes.

Vers minuit, il vit la vieille se diriger vers lui et essayer de lui dérober le bâton et de lui en substituer un autre semblable, qu’elle tenait à la main. Mais il la prévint et saisit avant elle le bâton fée, en disant :

—Ah ! vieille sorcière, tu voulais me voler mon bâton ! Je vois clairement, à présent, que c’est toi qui m’as aussi volé l’oie, mais tu vas me le payer. Bâton, fais ton devoir sur le dos de la vieille !

Et le bâton de se jeter aussitôt sur la vieille et de frapper sans trêve ni merci.

—Au secours ! Au secours ! Fais-le cesser ! Il va me tuer !… criait-elle à son mari.

Mais celui-ci avait perdu toute autorité sur le bâton, en le cédant à un autre.

—Rendez-moi l’oie, répondait Louarn, et j’ordonnerai à mon bâton de cesser de vous frapper, mais pas avant.

La vieille ne voulait pas céder un talisman si précieux ; il le fallait pourtant ou périr sous le bâton. Elle rendit donc l’oie, et alors Louarn dit :

—Bâton en main !

Et le bâton cessa aussitôt de frapper et revint se placer dans sa main droite. Alors Louarn revint à son pays avec son oie et son bâton merveilleux.

Il n'avait pu se trouver au lieu du rendez-vous commun, au bout de l'an et jour, et ses frères, qui l'avaient toujours considéré comme pauvre d'esprit, crurent qu'il ne reviendrait pas et qu'il avait péri, au loin, dans quelque aventure. Les deux cents écus du coq et de la faucille étaient dépensés, et ils étaient déjà aussi pauvres que devant. Aussi, quand leur cadet arriva, s'empressèrent-ils de l'interroger et de s'enquérir s'il avait fait fortune.

Louarn, qui avait le cœur bon, partagea volontiers avec eux, de sorte qu'ils se trouvèrent être tous les trois les plus riches du pays. Ils acquirent des terres, bâtirent des châteaux et firent de bons mariages.

Je n'ai pas eu depuis de leurs nouvelles, ni de celles de leurs descendants ; mais si l'oie et le bâton fée sont toujours dans leur famille, nous pouvons être sans inquiétude sur leur sort.

Conté par Catherine Stéphan,
Plouared, 1892

LE MAUVAIS FILS

Il y avait une fois deux personnes riches, mari et femme, qui n'avaient qu'un fils, nommé Gwilherm. Comme il arrive souvent, en pareil cas, c'était un véritable enfant gâté, à qui ils ne refusaient jamais rien. Il aimait le plaisir et la dépense, et était impatient de voir ses parents lui céder leurs biens et se réserver seulement une petite pension viagère. Tous les jours il les importunait à ce sujet, leur représentant qu'ils vivraient plus heureux quand ils n'auraient plus à s'occuper de rien, si bien qu'ils finirent par lui faire donation de tout, moyennant une pension viagère, qu'il devait leur payer à termes convenus. Ils se retirèrent dans une vieille maison qui était au fond de la cour, tandis que leur fils occupait, avec sa femme, une belle maison neuve, car il venait de se marier. Bien !

Gwilherm menait joyeuse vie, et c'étaient sans cesse chez lui festins, parties de plaisir et voyages. Il s'occupait peu de ses champs, de son bétail et de ses nombreux domestiques ; aussi ces derniers faisaient-ils à peu près tout ce qu'ils voulaient. Comme bien vous pensez, les chevaux, les bœufs et les vaches étaient mal soignés, les champs mal cultivés et les moissons de plus en plus mauvaises tous les ans ; enfin, tout allait on ne peut plus mal. Voilà !

Son père et sa mère, voyant cela, lui en firent souvent des représentations au commencement, et voulurent s'occuper de mettre quelque ordre dans son ménage. Mais cela ne lui plaisait pas, et il finit par leur dire de ne pas se mêler de ses affaires et de rester chez eux. Ils en éprouvèrent beaucoup de peine et ils étaient malheureux de voir que leur fils marchait rapidement à sa ruine, sans qu'ils y pussent rien faire.

Gwilherm était presque toujours absent, en voyage, en partie de plaisir, et sa femme comme lui. Ses rentes ne lui suffisaient déjà plus pour mener ce train, et il vendait de temps en temps un bois, un moulin, une ferme et son bien diminuait rapidement. Son père et sa mère ne reçurent bientôt plus leur pension régulièrement. Ils ne s'en plaignaient pourtant pas, et ils vivaient le plus économiquement possible. Mais bientôt l'argent leur manqua complètement, et comme ils exposaient leur situation à leur fils :

—Et qu'avez-vous besoin d'argent ? leur dit-il. Désormais vous recevrez votre nourriture de ma maison, et une servante vous portera tous les jours ce dont vous aurez besoin : vous n'aurez, par conséquent, aucune dépense à faire.

Les pauvres gens soupirèrent et se résignèrent, sans oser rien dire. Mais ils avaient le cœur gros, et, à partir de ce jour-là, ils n'allèrent plus que rarement voir leur fils, car ils n'y étaient pas vus avec plaisir. Bien !

À quelques jours de là, Gwilherm donna un grand repas auquel il invita tous ses amis et compagnons de plaisir, ainsi que les plus riches du pays. Mais il ne songea pas à son père et à sa mère. Bien plus, on oublia de leur porter à manger ce jour-là. Ils voyaient, de chez eux, les invités en tenue de gala, entendaient les rires et les joyeux propos, le parfum des mets venait même jusqu'à eux ; mais ils avaient beau attendre, personne ne venait leur rien apporter. Voyant cela, le père se rendit enfin à la maison de son fils, et, l'ayant rencontré dans un corridor, il lui expliqua pourquoi il était venu. Mais Gwilherm lui répondit d'un air affairé et mécontent :

— On n'a pas le temps de s'occuper de vous, en ce moment ; retournez dans votre maison, on vous portera à manger quand on en aura le temps !

Et il s'en alla là-dessus.

Le pauvre vieillard resta un moment immobile d'étonnement et de douleur ; puis, il s'en retourna, chez lui, triste, le cœur navré, et raconta à sa femme comment il avait été reçu. Ils passèrent le reste du jour à pleurer. La nuit vint sans qu'on eût songé à eux, et ils ne mangèrent pas ce jour-là.

Cependant une scène terrible se passait dans la salle du festin et Dieu vengeait les deux vieillards de l'ingratitude et de la dureté de cœur de leur fils. Celui-ci était à table avec ses invités, tous les convives étaient joyeux et causaient et riaient bruyamment. Comme il se préparait à découper un canard rôti sur le plat, le canard se changea soudain en un énorme crapaud qui lui sauta au visage et s'y cramponna fortement. Il était horrible à voir, gonflé et humide de venin, la bouche grande ouverte, et les yeux rouges et brillants comme la braise ! Tous les convives, saisis d'épouvante et d'horreur, se levèrent précipitamment de table et s'enfuirent. Gwilherm poussait des cris affreux et appelait ses amis à son secours. Mais tous s'éloignaient avec horreur. Quand il essayait de se débarrasser lui-même du hideux animal, il se mettait tout le visage en sang et souffrait horriblement. Alors, resté seul, il rentra en lui-même et se dit :

— Ceci est une punition de Dieu, pour la dureté avec laquelle j'ai traité mon père et ma mère ! Dans ma maison il y a un grand repas, et, à quelques pas d'ici, ils souffrent de la faim et entendent les bruits du festin et les rires de mes convives. J'ai bien mérité ce qui m'arrive !...

Il alla trouver le recteur de sa paroisse ayant toujours le crapaud collé sur le visage, et se confessa à lui. Le prêtre fit son possible pour exorciser le démon — car le crapaud était un démon —, et le forcer à lâcher prise : mais ce fut en vain. Quand il récitait des prières et des oraisons et l'arrosait d'eau bénite, l'horrible bête se gonflait, ouvrait la bouche et faisait souffrir terriblement sa victime qui poussait des cris effrayants. Voyant cela, le prêtre dit à Gwilherm :

— Il vous faudra aller jusqu'à notre saint-père le Pape, à Rome, car lui seul peut vous délivrer de ce démon.

Gwilherm prit alors la route de Rome, ayant toujours l'horrible bête collée sur sa figure. Partout où il passait, il excitait l'horreur et la frayeur de ceux qui le voyaient, et l'on s'éloignait de lui, et ce n'est qu'à grand-peine et à force d'argent qu'il pouvait se procurer nourriture et logement.

Arrivé à Rome, après beaucoup de mal, il alla immédiatement se jeter aux pieds du Saint-Père et lui fit sa confession. Le Saint-Père l'écouta avec intérêt, puis il lui parla de la sorte :

— C'est pour vous punir de votre conduite envers votre père et votre mère que Dieu à permis ce qui est arrivé. Voici la pénitence que je vous propose, et si vous avez le courage de l'accomplir exactement, j'espère qu'il pardonnera et vous délivrera de ce démon qui, dans le cas contraire, ne vous quittera jamais et vous conduira jusque dans l'enfer, où il vous tourmentera encore. Écoutez-moi donc mon fils : vous retournerez, à présent, auprès de votre père et de votre mère, pour vous jeter à leurs pieds et implorer leur pardon. Vous voyagerez à pied et sans argent, en demandant l'aumône et sans jamais rien manger que ce que vous recevrez de la charité publique. Avant d'obtenir le pardon de Dieu, il faut que vous ayez celui de votre père et de votre mère. Allez, à présent, mon fils, et que Dieu vous assiste !

Gwilherm se releva alors, un peu consolé, et, avant de quitter Rome, il distribua tout son argent aux pauvres, puis il se remit en route vers son pays. Tous ceux qui le voyaient avec son horrible bête sur la figure, s'éloignaient de lui avec frayeur, et, comme il n'avait plus d'argent, personne ne voulait le loger, ni lui donner à manger, et il couchait à la belle étoile et ne vivait que d'herbes, de racines et de quelques fruits sauvages qu'il trouvait dans les campagnes et dans les bois.

Enfin, après des privations et des maux inouïs, il finit par arriver dans son pays, les vêtements tout en lambeaux, la barbe et les cheveux longs et incultes, maigre et décharné au point de faire peur à tous ceux qui le voyaient. Il alla se jeter aux pieds de son père et de sa mère, les arrosa de ses larmes et leur demanda pardon. Les deux vieillards le reconnurent, malgré tout, et le pressèrent sur leur cœur, sans faire attention au crapaud. Alors l'horrible bête se détacha de sa figure, sauta à terre et disparut dans un trou de muraille.

Gwilherm, ses parents et sa femme, vécurent ensuite ensemble en parfaite union, et la richesse revint aussi, avec l'ordre et l'amour filial.

Conté par Anna Luër,
Pluzuned, 1872

LA PRINCESSE ENCHANTÉE

Un jour du mois de juin, Joll Gariou, un domestique du manoir de Lestrezeg, au bord de la rivière le Yeodi, en la commune de Runan, vit une couleuvre qui se chauffait au soleil, sur les ruines d'une vieille tour écroulée. Il saisit une pierre et s'apprêtait à lui écraser la tête, lorsqu'à son grand étonnement, la couleuvre lui parla de la sorte :

—Ne me frappe pas, Joll, mais délivre-moi plutôt, et je te ferai roi !

—Et que faut-il faire pour cela ? demanda Joll.

—Peu de chose : me donner trois baisers seulement. Je suis une princesse enchantée, retenue depuis trois cents ans sous cette forme, par un magicien puissant. Donne-moi trois baisers, et le charme sera rompu, et je t'épouserai et tu seras roi d'un grand royaume.

Voilà notre homme bien embarrassé et hésitant. Il lui répugnait singulièrement de baiser une couleuvre, une vipère peut-être, qui pouvait le mordre et le faire mourir, après de grandes souffrances. Mais aussi, d'un autre côté, épouser une belle princesse et être roi, si elle disait la vérité. Et pourquoi ne dirait-elle pas la vérité ? Dans les contes de veillées, l'hiver, au coin du foyer, il avait si souvent entendu conter les aventures merveilleuses de pauvres gens, comme lui, qui étaient devenus rois, par quelque moyen semblable ! Pourquoi lui-même n'aurait-il pas la même chance ?...

Enfin, il s'arma de courage et baisa, une fois, la couleuvre, sans pouvoir aller plus loin.

—Reviens demain, à la même heure, lui dit-elle, et tu me retrouveras à la même place, mais sous une autre forme, et tu tenteras de nouveau l'épreuve.

Et, ayant dit ces mots, la couleuvre disparut sous les ruines. Joll s'en retourna au manoir, et ne dit rien à personne ne son aventure ; mais, toute la nuit, il en rêva, et déjà il se voyait assis sur un trône d'or massif, tout resplendissant de pierres précieuses et avec une belle princesse à ses côtés.

Le lendemain, il fut exact au rendez-vous, et y trouva une énorme salamandre, avec des taches jaunes et verdâtres et tout humide de venin, croyait-il. Et la salamandre lui dit, comme la couleuvre de la veille :

—Donne-moi trois baisers de suite, et tu seras roi !

Il la baisa une fois... deux fois, en rassemblant tout son courage, et ne put encore aller plus loin. L'horrible bête, qui se gonflait et augmentait à chaque baiser, lui soulevait le cœur.

—Reviens encore demain, à la même heure, lui dit la salamandre, et arme-toi de plus de courage, car ce sera la dernière fois.

Elle disparut aussi sous les ruines, et Joll rentra au manoir, mécontent de lui-même.

Le troisième jour, il trouva au même endroit que la couleuvre et la salamandre des deux jours précédents, un énorme crapaud, qui lui dit :

—Embrasse-moi trois fois, et tu seras roi !

Joll était bien résolu à aller jusqu'au bout, cette fois. Il embrassa le crapaud, une fois... deux fois... et sentant son cœur défaillir, il ferma les yeux et donna un troisième baiser.

Quand il rouvrit les yeux, il vit devant lui, non plus un hideux reptile, mais une jeune princesse, belle comme le jour, qui lui parla de la sorte :

— Merci, Joll Gariou ! tu m'as délivrée, et maintenant, je t'appartiens. Viens recevoir ta récompense.

Et, le prenant par la main, elle descendit avec lui dans un souterrain dont la porte s'ouvrit devant eux, et le conduisit à un beau palais, rempli de trésors de toute sorte. C'était le palais du magicien qui la retenait captive, depuis trois cents ans. Le magicien était absent. La princesse alla droit à l'écurie, où se trouvaient beaucoup de chevaux, et aussi un dromadaire. Elle sortit le dromadaire et dit à son compagnon :

— Montez, vite, prenez-moi en croupe, et partons, sans perdre de temps. Le magicien ne tardera pas à être instruit de notre fuite, et il rentrera aussitôt et se mettra à notre poursuite. Mais, j'ai lu ses livres de magie et j'en sais aussi long que lui, et nous lui échapperons.

Et ils partirent.

Mais, ils n'étaient pas encore loin qu'ils virent le ciel s'obscurcir tout à coup et un nuage noir s'avancer sur eux rapidement.

— C'est le magicien ! s'écria la princesse. Que notre dromadaire soit changé en fontaine, et nous, nous deviendrons deux grenouilles, au fond de l'eau.

Ce qui fut fait, à l'instant.

Le magicien, arrivé à la fontaine, descendit de son nuage, s'arrêta un peu à la contempler, étonné de ne l'avoir jamais vue encore, puis il s'en retourna à son château, pour consulter ses livres.

La princesse, Joll et le dromadaire revinrent aussitôt à leurs formes naturelles, et se remirent en route.

Le magicien reprit sa poursuite, sous différentes formes ; mais, chaque fois, la princesse, par diverses métamorphoses, mettait sa science en défaut, et ils finirent par atteindre les limites du domaine du géant.

Ils étaient, dès lors, sauvés !

La princesse conduisit Joll Gariou dans le royaume de son père, où elle l'épousa.

Le vieux roi mourut, peu après, et Joll Gariou lui succéda sur le trône, et vécut heureux avec sa reine, le reste de ses jours.

Il paraît même que ses descendants vivent encore, dans un pays lointain, très loin, très loin, du côté du soleil levant, s'il faut en croire des marins de Paimpol et de Saint-Malo qui assurent les avoir vus.

Conté par Louis Le Bras,
Prat, 1873

(Annuaire des Traditions Populaires, 1887)

C'EST LA FAUTE D'ADAM !

Il y avait une fois un pauvre fermier breton et sa femme qui vivaient péniblement du produit de leur ferme. Ils se donnaient beaucoup de mal et réussissaient peu, si bien que l'homme, qui se nommait Fañch Kerborzh, avait l'esprit aigri et murmurait constamment contre le sort, ou plutôt contre Adam, sur qui il rejetait toute la faute. Aussi répétait-il, chaque fois que quelque malheur lui arrivait à lui ou à ses voisins :

— C'est la faute d'Adam ! Si Adam avait voulu n'être pas si curieux, et ne pas manger la pomme, nous ne serions pas malheureux de la sorte et obligés de gagner notre pain, à la sueur de notre front !...

Et jamais il ne disait :

– S'il plaisait à Dieu, ou si c'était la volonté de Dieu.

Un jour qu'il s'était blessé à la main gauche, avec sa faucille, en coupant du trèfle pour les chevaux, il s'en revenait à la maison, en maugréant et en répétant son éternel refrain :

— C'est la faute d'Adam ! Si Adam avait voulu ne pas être si curieux !...

Lorsqu'il rencontra sur sa route un vieillard à barbe blanche et qui lui était inconnu.

— Vous vous êtes blessé à la main, mon brave homme ? lui dit le vieillard en l'abordant.

— Oui, répondit Fañch, avec ma faucille, en coupant de l'herbe pour les chevaux, et c'est bien malheureux pour moi, car je ne pourrai travailler de longtemps, et j'ai femme et enfants, et je ne suis pas riche, loin de là. Mais c'est la faute d'Adam ! Si Adam avait voulu, cela ne serait pas arrivé…

—Et comment Adam peut-il être la cause de votre malheur ?

—S'il avait voulu ne pas être si curieux et ne pas manger la pomme, nous ne serions pas obligés de gagner notre pain à la sueur de notre front, moi et mes semblables.

Le vieillard pansa la plaie du fermier, en appliquant dessus des herbes qu'il cueillit au bord du chemin, et le sang, qui coulait abondamment, s'arrêta aussitôt. Puis il dit :

—Si vous voulez suivre mon conseil, vous ne serez plus obligé de travailler, pour vivre à l'aise, vous et votre famille.

—Je ne demande pas mieux, répondit Fañch. Que me faudrait-il faire pour cela ?

—Peu de chose ; voici : quand vous arriverez à la maison, vous verrez une écuelle renversée sur la bouche, sur le chambranle de la fenêtre qui est près du lit ; laissez-la ainsi, sans essayer de savoir ce qu'il y a dessous, et vous ne manquerez de rien, pendant que vous observerez ma recommandation.

—Ce n'est que cela ?

—Ce n'est que cela.

Et le vieillard disparut alors, et Fañch Kerborzh regagna sa chaumière et fit part à sa femme de son aventure et du conseil et des promesses de l'inconnu. Ils se promirent d'observer rigoureusement le conseil. À partir de ce moment, tout leur réussissait à souhait, si bien qu'ils devinrent riches, en peu de temps.

L'écuelle resta pendant six ans à la même place, sans avoir été soulevée, malgré la tentation qu'on avait éprouvée, maintes fois, de voir ce qu'il y avait dessous.

Au bout de ce temps, un jour, la femme de Fañch, n'y tenant plus, dit à son mari :

— Il faut voir ce qu'il y a sous l'écuelle.

— Vous savez bien, femme, qu'on nous l'a défendu, et ce qu'on nous a prédit, si nous cédions à la curiosité.

— Bast ! à présent que nous sommes riches, nous n'avons plus tant à nous inquiéter de cette prédiction ; et puis, nous ne soulèverons que très légèrement le bord de l'écuelle, seulement assez pour voir ce qu'il y a dessous, et le vieillard n'en saura rien ; d'ailleurs, on ne l'a pas revu dans le pays, depuis que vous l'avez rencontré, pour la première fois, et il n'y reviendra sans doute pas.

Fañch ne répliqua pas. Sa femme souleva légèrement et avec de grandes précautions le bord de l'écuelle, et aussitôt un petit oiseau s'en élança, puis s'envola par la fenêtre. C'était leur bonne chance qui les quittait.

Les deux époux se regardèrent, tout ébahis.

— Nous avons mal fait ! dit Fañch, après un moment de silence.

À partir de ce jour, rien ne leur réussissait plus : ils perdirent leur bétail, dans une épidémie ; un orage détruisit toute leur récolte ; un incendie consuma leur habitation avec tout le mobilier ; enfin, leur fils aîné fut mordu par un chien enragé et devint enragé lui-même, si bien qu'il fallut l'étouffer entre deux couettes. En moins d'un an, ils furent réduits à leur situation première.

Fañch rencontra le vieillard inconnu, dans le même chemin où il l'avait vu la première fois.

— Vous avez regardé ce qu'il y avait sous l'écuelle, lui dit l'inconnu.

— Hélas ! oui, pour mon malheur. Mais c'est la faute de ma femme. C'est elle qui est cause que l'oiseau s'est envolé.

— Il ne fallait pas la laisser faire. Mais vous étiez aussi curieux qu'elle de savoir ce que cachait l'écuelle. Vous disiez sans cesse : "C'est la faute d'Adam ! Si Adam n'avait pas été si curieux, nous ne serions pas si malheureux, sur la terre, et obligés de gagner notre pain, à la sueur de notre front !" Eh bien ! vous pourrez, à présent, vous faire le même reproche que vous adressiez auparavant à Adam, et dire que c'est votre faute à vous-même.

Ayant ainsi parlé, le vieillard disparut.

Qui était-ce ? Adam, sans doute. À moins que ce ne fût le bon Dieu lui-même.

Conté par Marguerite Philippe,
Plouaret, 1886

(Annuaire des Traditions Populaires, 1888)

LE GÉANT CALABARDIN ET LA PRINCESSE AUX CHEVEUX D'OR

Ur wech e oa, ur wech e vo,
Komañsamant an holl gaozioù :
N'eus na mar na marteze,
En deus tri droad an trebez.
Il y avait une fois, il y aura un jour,
C'est le commencement de tous les contes.
Il n'y a ni si ni peut-être,
Le trépied a toujours trois pieds.

Il y avait une fois en France un roi puissant qui avait un fils unique. Non loin de la ville où il faisait sa résidence, se trouvait une grande forêt, qui était pleine de bêtes fauves et d'animaux nuisibles aux agriculteurs, comme loups, sangliers et renards ; et souvent il arrivait des plaintes au roi, au sujet des dommages causés par ces animaux. Si bien qu'il dit qu'il fixerait un jour pour faire une grande chasse et qu'il y inviterait les plus habiles chasseurs du royaume. Le jeune prince, qui était un intrépide chasseur, dit alors à son père :

— À quoi bon, mon père, inviter tant de monde pour détruire quelques loups et quelques sangliers ? Pas n'est besoin d'avoir recours aux habiles chasseurs de votre royaume, et, si vous voulez le permettre, mon valet de chambre et moi, sans l'aide de personne autre, nous aurons bien vite purgé la forêt de tous ses animaux nuisibles.

Le jeune prince pouvait chasser partout où bon lui semblait, excepté dans cette forêt seulement, dont son père lui avait interdit l'entrée. Et, comme cela arrive presque toujours, son désir d'y pénétrer n'en était que plus grand. Enfin, il insista tant, que le roi lui permit d'y aller chasser avec son valet de chambre. Cependant il leur dit qu'il était prudent de se faire accompagner d'une cinquantaine de soldats, parce qu'il y avait dans le bois certains endroits dangereux.

—Bah ! bah ! reprit le prince. À quoi bon des soldats, pour nous empêcher de chasser à notre aise ? Vous pouvez bien nous laisser aller tous les deux, sans crainte ; nous ne sommes pas gens à avoir peur d'un sanglier ou d'un loup, nous en avons vu bien d'autres.

—Allez tous les deux, seuls, puisque vous le voulez, répondit le roi ; mais promettez-moi de ne pas vous séparer, une fois dans le bois, et de ne pas revenir à la maison l'un sans l'autre.

Ils le promirent, et partirent alors, tout heureux et rêvant de beaux exploits.

Mais, à peine eurent-ils pénétré dans le bois que le prince, tenant peu de compte de la recommandation de son père, dit à son compagnon :

—Séparons-nous, allons chacun de son côté, et ainsi nous ferons meilleure chasse. Au coucher du soleil nous nous retrouverons à cet endroit, pour retourner ensemble à la maison.

Et ils se séparèrent.

Il se trouva que le prince prit la mauvaise route, celle qui conduisait à l'endroit dangereux dont avait parlé son père. Il vit bientôt une biche, assise sur son derrière, et qui le regardait tranquillement venir. Il la coucha en joue et il allait tirer, lorsqu'il fut bien surpris de l'entendre lui adresser ainsi la parole :

—Oseriez-vous bien tirer sur moi, fils du roi de France ?

—Comment ! vous parlez donc dans la langue des hommes ?

— Oui, et je vous dirai même qu'il faut que vous me promettiez de m'épouser, ou vous ne partirez pas en vie d'ici.

— Dieu, que dites-vous là ? épouser une biche, moi, un chrétien !

— Oui, ou attendez-vous à mourir sur l'heure. Choisissez.

— Je ne veux pas mourir si jeune.

— Revenez demain ici, avec votre valet de chambre, et je vous en dirai plus long ; mais n'y manquez pas, ou malheur à vous !

La biche s'enfonça alors dans la profondeur du bois, et le prince revint à la maison, triste et pensif.

Quand il arriva, son valet était déjà de retour, depuis quelque temps, et le roi l'avait fait jeter en prison, parce qu'il était revenu seul, malgré sa recommandation. Mais le prince dit que c'était sa faute à lui seul, qu'il n'avait pas été exact au rendez-vous, et le valet fut remis en liberté.

Le soir, vers la fin du repas, comme on causait de choses et d'autres, la conversation tomba sur la chasse, chacun racontait quelque exploit, tous plus forts les uns que les autres.

— Parlez-nous donc aussi de votre chasse d'aujourd'hui, dit le roi à son fils ; je crois voir que vous n'avez pas été heureux, car vous n'avez pas votre gaieté habituelle.

— Non, mon père, je n'ai pas été heureux. Je n'ai rien pris, mais il m'est arrivé une bien singulière aventure.

— Et quoi donc ? Contez-nous cela.

— Arrivés dans la forêt, nous nous séparâmes, mon valet et moi, et nous prîmes des directions opposées. À peine eus-je fait quelques pas que j'aperçus, dans une clairière, une biche assise sur son derrière et qui me regardait tranquillement. Je la couchai en joue et j'allais tirer, lorsque je fus étonné de l'entendre parler, dans la langue des hommes, et me dire qu'il me faudrait l'épouser.

— Hélas ! dit le roi, en l'interrompant ; vous n'avez pas suivi ma recommandation ! Je vous avais conseillé de vous faire accompagner de cinquante hommes, ou du moins de ne pas vous séparer, dans le bois, de votre compagnon, et vous ne m'avez pas obéi. À présent, le mal est fait, et il vous faudra épouser la biche !

Et le vieux roi était tout triste et pensif.

Le lendemain, le jeune prince retourna à la forêt, accompagné de son valet de chambre, comme la veille. Il trouva la biche qui l'attendait, au lieu du rendez-vous.

— Suivez-moi, lui dit-elle.

Et elle marcha devant, et le prince et son valet la suivirent. Ils traversèrent une grande lande, puis ils arrivèrent dans une grande prairie, au milieu de laquelle s'élevait, comme une énorme taupinière, un petit monticule. Ils allèrent droit à ce monticule. La biche y pénétra, par une ouverture qui se trouvait au levant, et le prince et son valet y pénétrèrent aussi, à sa suite.

— Comme il fait sombre ici ! se disaient-ils, peu rassurés.

Ils descendirent longtemps, longtemps, et finirent par arriver dans un pays où rien ne leur paraissait être comme dans le monde qu'ils venaient de quitter. Les plantes et les animaux étaient tous différents, le soleil était plus brillant, l'air plus pur et tout parfumé. Ils virent aussi un château magnifique, et ne purent s'empêcher de s'écrier :

— Oh ! le beau château !

— Ce n'est rien cela, leur dit alors la biche, vous en verrez de bien plus beaux.

Et, en effet, un peu plus loin, ils virent un second château, bien plus beau que le premier. Et comme ils s'extasiaient encore à la vue de cette merveille :

— Avançons, leur dit la biche, vous en verrez un autre plus beau encore.

Et ils arrivèrent tôt après devant un troisième château, tout d'or massif ; et il était si brillant, si radieux, car le soleil donnait en plein dessus, qu'ils ne pouvaient le regarder.

— C'est le château de mon père, leur dit la biche.

Et ils entrèrent tous les trois.

Tout le château était peuplé de cerfs et de biches et, en entrant, ils virent dans la cour un troupeau de cerfs, portant des fusils et faisant l'exercice, comme des soldats. La biche présenta ses hôtes à son père, un vieux cerf avec une ramure superbe, puis elle leur fit visiter le château et les jardins. Partout ils s'extasiaient sur la beauté de ce qu'ils voyaient et s'écriaient :

— Que c'est beau ! Dieu, que c'est beau !

Un jour, la biche dit au prince :

— Voilà déjà un mois que vous êtes ici…

— Un mois, déjà ! Il me semblait qu'il n'y avait pas même huit jours, s'écria-t-il.

— Il y a pourtant bien un mois. Si nous nous mariions, à présent ?

— Quand vous voudrez, puisque je dois vous épouser.

Et le jour du mariage fut fixé au lendemain.

On se rendit à l'église, en grande cérémonie ; mais, à l'exception du prince et de son valet, tout le cortège se composait de cerfs et de biches, et le prêtre lui-même était un vieux cerf, habillé en évêque, avec une belle mitre d'or sur la tête. Les anneaux étaient sur un plat d'or. L'évêque pria le prince de passer la bague au pied gauche de devant de sa fiancée. Il la prit sur un plat d'or et, dès qu'il eut touché le pied de la biche, celle-ci se changea en une princesse, belle comme le jour.

Et aussitôt tous les cerfs et les biches qui assistaient à la cérémonie devinrent aussi des princes, des princesses et des seigneurs et des prêtres ! Tous s'empressaient autour du jeune prince, en lui disant :

— Mille bénédictions sur vous ! Il y a si longtemps que nous étions ici, retenus sous un enchantement, par le géant Calabardin, et vous nous avez délivrés.

Et ils retournèrent alors au château, pleins de joie et de bonheur, et il y eut un festin magnifique.

Quand l'heure fut venue d'aller dormir, le prince voulut accompagner sa jeune femme dans sa chambre :

— Non, lui dit-elle, pas encore. Pendant trois nuits de suite, vous me conduirez jusqu'à la porte de ma chambre, puis, quand j'y aurai été trois heures, à chaque fois, vous reviendrez me prendre, mais, sans jamais entrer dans ma chambre, ni même essayer de voir ce qui s'y passe. Après les trois nuits, je serai complètement libre, et je vous suivrai alors, partout où vous voudrez, si vous faites exactement ce que je vous ai dit.

Le prince fut un peu contrarié, il faut avouer ; pourtant il conduisit sa femme, la première nuit, jusqu'à la porte de sa chambre, puis il s'en alla et revint la chercher, au bout de trois heures. La seconde nuit, il fit de même. Mais, la troisième nuit, la curiosité l'emporta : il regarda par le trou de la serrure, et il vit la princesse qui peignait ses cheveux d'or, avec un peigne d'or, et, à chaque coup de peigne, des pièces d'or tombaient de sa tête sur un plat d'or. Il fut bien étonné de ce qu'il voyait.

— Qu'est ceci ? se dit-il.

Quand il revint la chercher, après les trois heures écoulées, comme les deux nuits précédentes, il ne la retrouva plus. Le voilà bien inquiet. Il alla trouver le père de la princesse et lui raconta ce qui s'était passé.

— Hélas ! lui dit le vieillard. Votre curiosité fait votre malheur, et celui de ma fille aussi. Le géant Calabardin l'a enlevée et emmenée, par-delà la mer rouge, à son château de Rozdufort. Ce château est suspendu au-dessus de la mer noire, entre le ciel et l'eau, et nul mortel ne peut y parvenir. Cet or que vous avez vu tomber de la tête de ma fille était pour Calabardin. Elle avait encore trois douzaines de plats d'or à lui fournir, pour être délivrée complètement, et la voilà retombée, pour longtemps, en son pouvoir !

Le prince fut désolé de ce qu'il apprenait, et il partit sur-le-champ à la recherche de la princesse, et jura de ne s'arrêter, ni le jour ni la nuit, jusqu'à ce qu'il l'eût retrouvée. Il allait, il allait, sans jamais s'arrêter, et demandant partout des nouvelles du géant Calabardin et de son château. Mais personne n'en savait rien. Il avait passé la mer blanche et la mer rouge sans avoir recueilli aucun bon renseignement.

À force de marcher, le prince arriva dans un grand désert de sable. Ne trouvant plus d'habitation et réduit à se nourrir d'herbes et de quelques fruits sauvages, il était bien faible et faisait pitié à voir. Mais le courage ne l'abandonnait pas, et il allait toujours devant lui, au hasard et à la garde de Dieu.

Il arriva un jour auprès d'un grand arbre, et sous les branches de cet arbre, il vit un tas de bois sec amassé et disposé comme pour un feu de joie. Cela l'étonna et lui fit plaisir. Il y avait longtemps qu'il n'avait pas rencontré d'hommes, et il se dit que des hommes seuls avaient pu disposer de la sorte ce tas de bois. C'était après le coucher du soleil ; la nuit approchait et il résolut de la passer sur l'arbre, persuadé que ceux qui avaient amassé et disposé le bois comme un bûcher y viendraient mettre le feu, tôt ou tard.

Il monta donc sur l'arbre, et attendit. Au bout de quelque temps il vit venir un homme d'une taille très élevée. Il vint jusqu'à l'arbre, et s'arrêta dessous en disant.

— Voilà sept cents ans que je partis d'ici ! Je voudrais savoir ce que sont devenus mes deux frères. Nous nous étions donné rendez-vous au pied de cet arbre, et nous étions convenus que le premier arrivé mettrait le feu au bûcher que nous construisîmes, avant de nous séparer, et que je retrouve encore intact.

Et il alluma le feu.

Un moment après, le prince vit venir un second homme, qui, voyant le feu allumé, leva les mains au ciel et s'écria :

—Dieu soit loué ! Un, au moins, de mes frères vit encore !

Et, hâtant le pas, il se jeta dans les bras du premier arrivé, et ils éprouvèrent une grande joie de se retrouver.

Un troisième arriva, tôt après.

—Tous les trois en vie ! s'écrièrent-ils.

Et ils s'embrassèrent, en pleurant de joie, puis ils s'assirent autour du feu et se racontèrent réciproquement leurs aventures et ce qu'ils en rapportaient.

—Moi, dit l'aîné, j'ai une épée, la voici, et quand je lui dis "Besogne mon épée !" elle abat cent hommes, à chaque coup. On a bien vite détruit toute une armée avec une arme semblable.

—Moi, dit le second, j'ai des bottes, les voici, et quand je dis "Cent ou cinquante", je fais cent ou cinquante lieues, à mon choix, à chaque enjambée.

—Et moi, dit le troisième, j'ai une serviette, la voici, et quand je lui dis "Serviette, fais ton devoir !" aussitôt je trouve servi dessus tous les mets et toutes les boissons que je désire.

—Eh bien ! reprit l'aîné, avec notre épée, nos bottes, et notre serviette, je pense que nous n'avons pas nos pareils sur la terre, et, à nous trois, nous pourrons faire tout ce que nous voudrons.

—Éprouvons d'abord le pouvoir de la serviette, dit le second, car j'ai, ma foi, bon appétit.

Alors le plus jeune des trois frères étendit sa serviette sur le gazon, au pied de l'arbre, et lui dit :

—Serviette, fais ton devoir !

Et aussitôt elle se couvrit de pain blanc, de lard, de saucisses, de rôti, de vin et de cidre délicieux ! Et les voilà de manger et de boire, sans se faire prier, et de trinquer à leur heureuse rencontre. Ils trinquèrent même si souvent que le vin et le cidre leur montèrent à la tête, et ils ne tardèrent pas à s'endormir, autour du feu.

Cependant le prince ne dormait pas, sur son arbre. Il n'avait pas perdu un mot de ce que les trois frères s'étaient dit, et profitant de leur ivresse et de leur sommeil, il parvint à s'emparer de l'épée que l'aîné avait suspendue à une branche basse de l'arbre. Quand il la tint il dit :

— Par la vertu de mon épée, que les trois frères soient tués et hachés en menus morceaux !

Et aussitôt l'épée sortit d'elle-même du fourreau et, comme une enragée, elle se mit à frapper les dormeurs, à coups si pressés, que, dans un instant, ils furent réduits en morceaux menus comme chair à pâtée. Le prince prit alors, avec l'épée, les bottes et la serviette, et partit.

Grâce à ses bottes, il fit beaucoup de chemin en peu de temps. Il arriva dans une grande plaine au milieu de laquelle il vit comme une immense taupinière. Il alla droit à la butte. La mère des vents était assise sur le sommet, avec la figure ridée comme une vieille pomme, ses cheveux blancs dénoués et flottants, et sa dent unique et longue qui branlait dans sa mâchoire supérieure.

— Bonjour, grand-mère, lui dit le prince.

— Bonjour, mon fils, répondit la vieille. De quel pays es-tu ?

— De la Basse-Bretagne.

— Ah oui ! Je connais ce pays-là, et mes fils y vont souvent ; mais c'est loin d'ici.

— Auriez-vous la bonté, grand-mère, de me donner l'hospitalité, pour une nuit seulement ?

— Loger chez moi ! Hélas ! mon pauvre enfant, tu t'adresses

mal ; j'ai trois fils, qui sont des gars bien terribles, et je crains... Mais n'importe, ta mine et tes façons me plaisent, et je te logerai et je te défendrai contre mes fils. Ils arriveront bientôt, avec un vacarme épouvantable, et près de mourir de faim, et ils voudront t'avaler, tout de suite. Mais, n'aie pas peur, je saurai bien les mettre à la raison.

Et la vieille introduisit le prince dans sa hutte faite de branchages à travers lesquels tous les vents pénétraient en sifflant. Puis elle s'occupa de préparer à manger à ses fils.

Tôt après arrivèrent ensemble dix grands vents, avec un bruit épouvantable. Les cailloux volaient dans la plaine, les arbres craquaient et sifflaient. C'était effrayant ! Ils firent invasion ensemble dans la hutte en criant :

—Nous avons faim ! Nous avons faim, mère !!!

Puis, tout à coup, un d'eux dit :

—Je sens odeur de chrétien, et je veux le manger, à l'instant !

—Je voudrais bien voir, par exemple ! répondit la vieille. Manger mon neveu, le fils de mon frère, qui est venu me voir, un si gentil garçon !

Et comme ils ne se montraient guère disposés à obéir, elle prit un tronc de jeune ormeau, qu'elle avait déraciné dans son courtil, et se mit à corriger son fils, frappant sans pitié.

—Assez, mère ! criaient-ils, assez ! Nous ne ferons pas de mal à notre cousin !

—À la bonne heure ! Mettez-vous à table, et je vais vous servir à manger.

Et ils devinrent soumis comme des enfants. Le prince s'assit à la même table qu'eux ; puis, le repas fini, ils se réunirent autour du feu, pour causer, et les voilà grands amis.

—Où vas-tu aussi, cousin ? demanda le Vent du Nord.

—Je suis à la recherche du château du géant Calabardin,

cousin ; si vous pouviez m'en donner des nouvelles vous me feriez grand plaisir.

— J'arrive de là précisément ! Demain, le géant doit se marier avec la Princesse aux Cheveux d'Or, et il y aura un festin magnifique, et, comme il fait très chaud par là, il faut que je m'y trouve, pour souffler sur les mets et les refroidir.

— Ah ! si vous vouliez m'emmener avec vous, cousin...

— Je le veux bien, si tu veux me suivre.

— Je ferai mon possible ; je marche bien, allez !

Le lendemain, le Vent du Nord et le prince partirent ensemble, de bonne heure. Le prince avait mis ses bottes merveilleuses et le Vent du Nord avait beau aller vite, il était toujours sur ses talons, ce qui l'étonnait beaucoup. Enfin, après avoir traversé bien des pays et des mers, ils arrivèrent aussi au château du géant Calabardin, lequel château, comme je l'ai déjà dit, était suspendu au-dessus de la mer noire, entre le ciel et l'eau.

— À présent, dit le Vent du Nord au prince, je vais te jeter, avec un souffle, par-dessus les murs, dans le château.

Et il souffla sur lui, et le porta tout droit dans la chambre de la princesse dont la fenêtre était ouverte.

La princesse dormait, étendue sur son lit d'or et de soie. Mais elle se réveilla, au bruit que le prince fit en tombant sur le plancher de sa chambre, et se mit à crier au voleur. Ses femmes accoururent et, voyant un étranger dans la chambre de leur maîtresse, elles allèrent avertir le géant. Celui-ci dépêcha douze serviteurs pour s'emparer de lui et le jeter en prison. Mais le prince ne s'en effraya pas. En voyant venir les douze valets, il dégaina son épée et dit :

— Besogne, ma bonne épée ! Qu'ils soient mis en morceaux menus comme chair à pâté !

Et l'épée tomba sur eux, comme une enragée, et en un moment ce fut fini !

Cependant la princesse avait reconnu son mari. Elle lui témoigna une grande joie de le revoir, et persuadée, après ce qu'elle venait de voir, qu'il réussirait à la délivrer encore du géant Calabardin, elle lui dit :

— Ah ! il était grandement temps que vous vinssiez, car j'allais me marier avec lui, aujourd'hui même !

Puis, ils s'entendirent sur les moyens de s'enfuir du château.

— Le géant, lui dit-elle, reconnaîtra ton épée, tes bottes et ta serviette. Sachant bien que tu n'as rien à craindre de lui, aussi longtemps que tu les auras en ta possession, il usera de ruse pour tâcher de te les enlever, et te fera bonne mine. Il t'invitera à visiter avec lui son château et toutes les merveilles dont il est rempli. Après t'avoir conduit partout, il te proposera de te faire voir aussi la chambre où sont ses magies et ses instruments de sorcellerie, en te disant que tu n'as jamais vu rien d'aussi merveilleux. Mais, garde-toi bien d'entrer dans cette chambre, ou tu es perdu à jamais.

En effet, le géant vint vers le prince, avec un air gracieux, et lui dit :

— Bonjour, fils du roi de France. Je suis très honoré de votre visite... Tiens ! mais je reconnais mon épée, ces bottes et cette serviette que vous portez ! C'est l'épée de mon grand-père, ce sont les bottes de mon père et la serviette de mon oncle. Quel homme vous êtes, avec toutes ces merveilles ! Vous n'avez pas votre égal sur la terre ! Mais, venez avec moi à ma chambre des magies, et si vous avez des choses merveilleuses, des talismans précieux, je vous en ferai voir de plus merveilleux encore.

— Non, non ! je ne m'y laisserai pas prendre comme un nigaud, Calabardin.

Et, dégainant aussitôt son épée, il dit :

— Besogne, ma bonne épée ! Que le géant Calabardin soit, sur-le-champ, haché en morceaux menus comme chair à pâté !

Et l'épée se précipita sur le géant, comme si elle eût été enragée, et, en un moment, elle l'eut haché en morceaux menus comme chair à pâté. Puis, le prince dispersa les morceaux, à droite, à gauche, dans toutes les directions, pour les empêcher de se rejoindre et de se reconstituer en un corps vivant.

La princesse dit alors à son libérateur :

—Nous voilà enfin délivrés pour toujours du méchant géant Calabardin ! Son château, avec tout ce qui s'y trouve, nous appartient et il viendra avec nous dans mon pays. Grâce aux livres du géant, qui renferment toute sa magie et sa sorcellerie, nous l'enlèverons facilement.

Et ils montèrent tous les deux dans le char de Calabardin qui s'éleva aussitôt et les emporta à travers les airs, et le château les suivit par le même chemin.

Quand ils arrivèrent au pays de la Princesse aux Cheveux d'Or, son père était mort.

—À présent, dit alors la princesse au prince, vous serez roi, à la place de mon père.

—Je le veux bien, répondit-il, mais je désire que mes parents assistent à mon mariage.

Et il alla chercher son père et sa mère, dans son pays, et quand il revint avec eux, on célébra aussitôt le mariage et, pendant un mois entier, il y eut des fêtes et des festins magnifiques, auxquels furent invités les pauvres comme les riches.

Rien ne manquait là,
Ni massepains ni macarons,
Ni crêpes épaisses ni crêpes fines,
Ni bouillie cuite ni bouillie à cuire,
Ni bouillie fermentée ni bouillie non fermentée,
Un homme faisait le tour des tables, armé d'une cuiller à pot
Et demandant : "Qui veut de la bouillie par là ?"

Il y avait là jusqu'à un cochon,
Cuit d'un bout, vivant de l'autre.
Moi aussi j'étais par là, avec mon bec frais,
Et, comme j'avais bon appétit, je mordis vite.
Mais un grand diable de cuisinier accourut,
Et avec ses sabots à bouts pointus
Il me donna un coup de pied dans le derrière
Et me lança sur le sommet de la montagne de Bre,
Et si j'en suis revenue,
C'est pour vous conter tout ceci.

Conté par Marguerite Philippe,
Pluzunet, 1869

(Revue des Traditions Populaires, n°3, 1886)

LES DEUX CAPUCINS OU LA DESTINÉE

Deux capucins se présentèrent un soir à la porte d'un château et demandèrent l'hospitalité pour la nuit. Ils furent bien accueillis.

Au milieu de la nuit, étant au lit, ils furent éveillés par des gémissements et des cris de douleur. Et ils apprirent que le châtelain venait d'avoir un fils.

Le plus âgé des capucins ouvrit une fenêtre, examina les étoiles qui brillaient au ciel et dit, en frappant du pied la terre :

— Malheureux enfant ! Il est né sous une mauvaise étoile. Il lui arrivera malheur.

— Pourquoi cela ? lui demanda-t-on.

— C'est, répondit-il, qu'un autre enfant, un prince, vient de naître au même moment que lui, loin d'ici, et, lorsque le fils de notre hôtesse aura atteint l'âge de vingt et un ans, il sera tué par ce prince qui a nom le Prince Mauvais.

On fit part de cette prédiction au père qui en fut alarmé et demanda au capucin :

— N'y a-t-il aucun moyen de conjurer ce sort ?

— C'est difficile ; cependant je vous conseille de tenir l'enfant caché à tous les yeux, dans une forte tour, et de ne l'en laisser jamais sortir, même dans vos jardins, que bien escorté, jusqu'au jour où il atteindra sa vingt et unième année.

L'enfant fut baptisé et nommé Arzhur, et on l'enferma aussitôt, avec sa nourrice, dans la plus forte tour du château, où, seuls, sa mère et son père le visitaient ; et, nuit et jour, des soldats armés montaient la garde, au pied de la tour.

Mais, pendant qu'il avance en âge et grandit, dans sa tour, occupons-nous un peu de l'autre enfant, né juste à la même heure que lui et qu'on appelait le Prince Mauvais.

Quand le Prince Mauvais approchait de sa vingt et unième année, il voulut voyager pour voir du pays et chercher des aventures. Au moment du départ, sa mère, qui était un peu magicienne ou sorcière, lui donna trois noisettes, et lui dit :

— Voici trois noisettes que je te donne, mon fils, et qui te seront utiles dans tes voyages. Toutes les fois que tu te trouveras dans un grand danger, mais alors seulement, tu en casseras une, et aussitôt tu seras secouru.

Voilà donc le Prince Mauvais en route, avec ses trois noisettes dans sa poche, et la bourse bien garnie. Il va, il va plus loin, toujours plus loin, et par terre et par mer, et, comme il paie bien partout où il passe, il ne rencontre pas de difficultés sérieuses et n'a pas besoin encore de casser aucune de ses noisettes.

Un jour, après une longue navigation, il aborde à une île, où il rencontre, sur le rivage, une femme courbée sur un bâton et vieille comme la terre.

— Bonjour, grand-mère, lui dit-il en l'abordant.

— Bonjour, mon fils, lui dit la vieille, et Dieu te bénisse, car tu vas me rendre un grand service.

— Très volontiers, grand-mère, si je le puis. Dites-moi en quoi je puis vous être utile.

— Voici cinq cents ans que j'attends celui qui nous délivrera d'un méchant géant qui désole et ruine tout le pays. Pour cela il faut le tuer, ce qui n'est pas facile ; mais, avec du courage et mon aide, tu pourras cependant en venir à bout, si tu veux tenter l'aventure.

— Je le veux bien, grand-mère, car je cherche précisément des aventures dignes de mon courage.

— C'est bien, mon fils, et tu es l'homme que j'attendais. Voici une épée enchantée dont les moindres blessures sont mortelles, et, avec elle, tu viendras à bout du monstre, puisque tu oses l'affronter.

Le prince prit l'épée et demanda :

— Où est le géant, que je marche tout droit contre lui ?

— Tu vois ce château, là-haut, sur ces rochers ? C'est là qu'est le monstre.

— C'est bien ! répondit le prince.

Et il marcha tranquillement vers le château. Arrivé à la porte, il la heurte fortement du pommeau de son épée, et le géant lui-même vint ouvrir.

— Ah, te voilà, Prince Mauvais ! s'écria-t-il. Il y a longtemps que je t'attends, et tu vas me fournir un excellent dîner ce soir !

— Doucement, vilaine bête ! répondit le Prince Mauvais sans s'émouvoir. Il faudra combattre avant de savoir si ma chair est tendre ou non, et je suis homme à défendre ma peau, comme tu vas le voir.

Et le combat commença aussitôt, dans la cour du château. Un seul coup bien porté du géant eût fendu le prince de la tête aux pieds ; mais, grâce à son agilité, il évitait les bottes les plus terribles et touchait souvent le monstre. Celui-ci poussait des cris et des beuglements qui faisaient trembler tous les animaux à plus d'une lieue à la ronde. Le prince commençait à faiblir lorsqu'il réussit à frapper le géant à l'œil gauche. Aussitôt il tomba à terre, comme une tour qui s'écroule, et le vainqueur lui coupa la tête et la jeta en pâture aux dogues qui gardaient le château.

Alors la vieille entra dans la cour et se jeta au cou du prince en disant :

— Vous nous avez délivrées, ma fille et moi, et tout ce qui est ici vous appartient, à présent, si vous voulez rester avec nous. Entrez dans le château, venez, que je vous présente à ma fille.

Le prince admira la beauté et les grâces de la jeune fille, mais ne se laissa pas séduire.

— Le but de mon voyage, dit-il, n'est pas de chercher une femme, mais bien un ami, un frère que j'ai quelque part au monde, je ne sais où, mais je ne m'arrêterai que quand je l'aurai trouvé. Alors seulement je pourrai songer à me marier, et je ne vous oublierai pas.

Et il salua poliment la jeune fille et la vieille et partit, à leur grand regret. Il se rendit au bord de la mer, à l'endroit où il avait laissé sa barque. Mais elle n'y était plus, et le voilà dans un grand embarras.

— C'est bien le moment, se dit-il, d'avoir recours aux noisettes de ma mère. Voyons si elles ont la vertu qu'elle m'a dit.

Et il en cassa une, en souhaitant qu'elle lui procurât une barque pour franchir la mer. Et la barque demandée arriva aussitôt. Mais elle manquait d'agrès et de matelots. Il cassa une seconde noisette, en demandant que la barque fût munie d'agrès, de matelots et de tout ce qu'il fallait pour une longue navigation. Ce qui fut fait à l'instant. Alors, quand il se fut assuré qu'il ne manquait plus rien, il fit dresser les voiles, et partit. La mer était belle et la navigation fut d'abord heureuse. Mais ensuite une tempête effroyable survint, et la barque alla se briser contre un rocher, en vue d'un château bâti sur une haute falaise. Le prince fut d'abord submergé, puis il revint sur l'eau et cassa sa troisième noisette, en souhaitant d'être vu et secouru du château. Ce château était celui des parents d'Arzhur. Arzhur lui-même, du haut de sa tour, avait assisté au naufrage, et, voyant un homme qui luttait péniblement contre les vagues furieuses, il éluda la surveillance de ses gardiens, descendit au rivage, se jeta à l'eau et sauva le naufragé. Il l'emmena au château, lui donna des vêtements et le soigna comme un frère. Le prince se sentait retenu là par un lien secret. Cependant, au bout de quelques jours, il parla de se remettre en route. Mais Arzhur, qui, de sont côté, se sentait attiré vers lui et l'aimait déjà, le pria instamment de rester, et il céda facilement. Ils furent bientôt grands amis et se firent leurs confidences. Le prince raconta son aventure dans l'île, où il avait tué un géant et refusé d'épouser une belle princesse que le monstre retenait captive.

— Pourquoi donc n'avez-vous pas amené avec vous cette belle princesse ? lui demanda Arzhur.

— Ce n'est pas une femme que je cherche, répondit-il, mais un ami, presque un frère, que j'ai je ne sais où, mais vers lequel je me sens attiré par je ne sais quelle puissance secrète, et je n'aurai de repos et ne cesserai de courir le monde que lorsque je l'aurai trouvé.

— Moi, dit Arzhur, je suis relégué dans cette tour que je n'ose quitter parce que, le jour de ma naissance, deux moines mendiants qui avaient reçu l'hospitalité, pour une nuit, dans le château, prétendirent que j'étais né sous une mauvaise étoile, et que si j'atteignais ma vingt et unième année, je serais tué, le jour même, par un inconnu, venu d'un pays lointain, et qui se nomme le Prince Mauvais. Or, dans quelques jours, j'atteindrai ma vingt et unième année. Restez donc ici, avec moi, jusqu'à ce que le terme fatal soit révolu, et, s'il ne m'arrive pas malheur, je vous accompagnerai dans vos voyages, et nous vivrons toujours en bons amis, jusqu'à la mort.

Le prince fut frappé de cette révélation ; mais il ne le laissa pas paraître et ne se fit pas connaître, bien résolu à faire mentir la prédiction du moine, et enchanté de pouvoir avoir bientôt pour compagnon de voyage celui qui lui avait sauvé la vie et pour lequel il n'éprouvait d'autre sentiment que de la reconnaissance et une vive affection.

La veille du jour où devait s'achever sa vingt et unième année, Arzhur se sentit fortement indisposé, et il se mit au lit. Il avait la fièvre, et, à mesure que la nuit avançait, elle redoublait d'intensité. Le prince le veillait et lui prodiguait ses soins. Un peu après minuit, Arzhur, tourmenté par une grande soif, pria son ami de lui aller cueillir une orange dans le jardin du château. Le prince s'empressa d'accomplir son désir et revint bientôt avec une orange. Il s'assit sur le bord du lit pour la peler, et s'aidant de la pointe de son épée, n'ayant pas de couteau sous la main. Or, c'était l'épée avec laquelle il avait tué le géant, et qui était empoisonnée. Aussi, dès qu'Arzhur eut mangé l'orange, il se mit à vomir, à se tordre de douleur, et il mourut bientôt dans les plus cruelles souffrances.

— Ah ! s'écria-t-il en mourant. La prédiction du moine s'accomplit ! Car vous devez être le Prince Mauvais, et c'est moi-même qui vous ai introduit près de moi, pour mon malheur !

Ce qui prouve que le sort de chacun de nous est fixé, dès l'heure de sa naissance, et que, quoi qu'il fasse, nul ne peut l'éviter.

Conté par Marguerite Philippe,
1888

HISTOIRE DE REVENANT

Au vieux château de Kerloster, en la commune de Lanneanoù, revenait, dit-on, une dame blanche, toutes les nuits, entre onze heures et minuit. Elle descendait lentement les marches d'un ancien escalier de pierre, qui conduisait à une chambre effondrée, traversait la cour close et en sortait pour entrer dans la longue avenue de vieux chênes qui conduisait au bourg de Lanneanoù. Le château était occupé par deux familles de fermiers, une à chaque bout de la maison principale, et tous avaient vu, maintes fois, la Revenante, à l'exception du fils aîné du moins ancien des fermiers, nommé Raoul, qui n'y croyait pas, et se moquait de ceux qui en parlaient et les traitait de visionnaires et de poltrons. Ce Raoul avait, du reste, une assez mauvaise conduite, et, tous les soirs, après souper, il se rendait à un village voisin, où d'autres jeunes gens du quartier se donnaient rendez-vous, pour jouer aux cartes et pour boire, et il ne rentrait que vers onze heures ou minuit, et souvent même plus tard.

Il y avait au fond de la cour un vieux pavillon, consistant en un rez-de-chaussée avec une chambre au-dessus, et qui servait de buanderie aux deux ménages. On y déposait aussi, en bas, les outils de labourage, comme pioches, hoyaux, pelles, fourches ; et dans la chambre étaient les rouets, quenouilles, dévidoirs, écheveaux de fil, bobines et filasse. Tous les dimanches, après vêpres, quand le temps était beau, on jouait aux boules, dans l'avenue, et, le jeu terminé, c'était encore dans ce pavillon que l'on mettait les boules, dans un coin, jusqu'au dimanche suivant. Il y avait aussi deux lits, dans le pavillon, l'un en bas et l'autre en haut. Mais personne ne voulait y coucher, plusieurs nuits de suite, car si le pavillon était tranquille, le jour, la nuit, il était hanté, et l'on y entendait un vacarme de tous les diables. On jouait aux boules, dans la chambre les rouets et les dévidoirs tournaient avec la rapidité et le ronflement des machines à vapeur, et l'on entendait des hommes en sabots qui marchaient et couraient bruyamment sur le plancher.

Raoul riait et plaisantait, quand on lui disait tout cela, et, un jour qu'on le défiait d'aller passer une nuit dans le pavillon, il dit :

— Eh bien ! j'irai, et malheur à quiconque essayerait de me faire peur, et quand ce serait le diable lui-même.

Et il alla, en effet, n'emportant pour toute arme qu'une grosse trique.

Vers minuit, voilà que le sabbat commence. Les boules roulent, d'un bout à l'autre de la chambre, et les dévidoirs se mettent aussi en mouvement. Cela l'étonne un peu, mais il n'a pas peur pourtant et il crie :

— Qui diable fait tout ce vacarme ? Malheur à ceux qui sont là-haut, hommes ou diables, vivants ou revenants, s'ils ne cessent sur-le-champ et ne me laissent dormir tranquille !

Mais le bruit continue de plus belle. Il se lève alors, prend sa trique et monte à la chambre. À son grand étonnement, rien n'y bouge, et il n'y voit rien d'extraordinaire, chaque chose est à sa place et le silence est complet.

— Je n'y comprends rien, dit-il.

Et il descend et se remet au lit. Mais à peine y est-il entré, que le vacarme recommence. Il se lève de nouveau, furieux, et remonte à la chambre, en jurant et en disant qu'il va rouer de coups et jeter par la fenêtre tout être vivant qu'il y trouvera, quel qu'il soit.

Mais il ne voit encore rien d'extraordinaire, bien qu'il fasse un beau clair de lune ; chaque chose est toujours à sa place et le silence complet. Il redescend, se remet au lit, décidé à ne plus se lever, avant le jour ; mais, il commence à avoir peur. Il entend alors quelqu'un qui descend l'escalier, lentement, bruyamment, avec de gros sabots. Il vient au pied de son lit, y prend une pioche, en frappe violemment le bois du lit, puis il ouvre la porte et sort. Raoul, l'intrépide Raoul, n'était plus si crâne. Il se cacha la tête sous les draps du lit, et s'y tint coi. Quand enfin il osa se lever, au chant du coq, il trouva chaque chose à sa place, comme si rien n'avait remué. Mais, la nuit suivante, ni jamais plus, il n'alla coucher au pavillon, et il commença à croire qu'ils n'avaient pas toujours si grand tort, ceux qui croyaient aux revenants.

Pourtant, il continua, chaque nuit, de courir le guilledou et de jouer et de boire avec les camarades. Une nuit qu'il rentrait tard, selon son habitude, la pipe à la bouche et sa blague à tabac dans la main droite, au moment où il entrait dans la cour, il vit la dame blanche, qui descendait l'escalier du bâtiment ruiné. Elle vint droit à lui. Il retira sa pipe de sa bouche, et, saisi de peur, ne sachant que faire ni que dire, il lui demanda machinalement :

— Quelle heure est-il, s'il vous plaît, Madame ?

— Il est l'heure, répondit le fantôme, où les honnêtes gens doivent être couchés dans leur lit.

Elle le prit par la main gauche, en lui disant :

— Suivez-moi.

Raoul voulut résister et se dégager ; mais en vain. La main de la dame serrait la sienne comme un crampon de fer. Et il lui sembla qu'elle le menait par une longue avenue de vieux hêtres, au milieu d'une forêt, et il entendait des cris, des hurlements et des rugissements de bêtes fauves de toute sorte, qui lui faisaient dresser les cheveux sur la tête.

— Elle me mène, sans doute, en enfer ! pensait-il.

Elle le mena longtemps de la sorte. Enfin, il entendit un coq chanter et cinq heures sonner, au clocher de Lanneanoù. Aussitôt la dame blanche le lâcha et disparut, et il reconnut son chemin et vit qu'il se trouvait à quelques pas seulement du cimetière de Lanneanoù.

Si la dame blanche avait pu le conduire jusque dans le cimetière, avant le chant du coq, il n'en serait jamais revenu !

Sa blague à tabac et sa pipe furent retrouvés sur la route, le lendemain, par un *pilhaouaer* (chiffonnier) de La Feuillée.

À partir de ce moment, Raoul se rangea ; il n'alla plus courir, la nuit, et ne se moqua plus des histoires de revenants qu'il entendait conter, aux veillées d'hiver.

Conté par François Thépaut,
garçon boulanger à Plouared, 1890.

(Bulletin de la Société Archéologique du Finistère, année 1893).

LA LAVANDIÈRE DE NUIT

Une femme, nommée Marianna Kerbernez, aimait tant à filer, qu'elle passait tout son temps sur son rouet. La nuit même, quand son mari et ses enfants étaient couchés, elle restait, seule, à filer, jusqu'à minuit, et, souvent, jusqu'au point du jour, ne trouvant jamais qu'elle avait fait assez. Le dimanche aussi, dès qu'elle était de retour de la messe, elle reprenait son rouet et sa quenouille. Tous les samedis, elle allait vendre son fil au marché de Morlaix, et en rapportait l'argent à la maison, sans jamais dépenser un sou inutilement.

Un dimanche soir, qu'elle s'était attardée à filer, selon son habitude, la filasse étant venue à lui manquer, elle sortit de la maison, pour aller en chercher à un cabinet qui donnait sur la cour. La lune était claire, et elle vit venir à elle une femme qu'elle ne connaissait point et qui lui parla ainsi :

— En passant devant votre maison, j'y ai vu de la lumière, et, comme je ne sais pas quelle heure il est, au juste, bien qu'il me semble qu'il ne doit pas être loin de minuit, j'ai voulu entrer, pour demander l'heure.

Elles entrèrent ensemble dans la maison, regardèrent l'heure à l'horloge et virent qu'il était onze heures et demie.

— Comment n'êtes-vous pas couchée, à cette heure ? demanda l'inconnue à Marianna. Est-ce que vous n'avez pas peur à rester ainsi, seule, si tard dans la nuit ? car vous êtes seule dans la maison, je crois ?

— Non, j'ai avec moi mon mari et mes enfants, mais ils sont dans leurs lits. Moi, je n'ai pas l'habitude de me coucher de si bonne heure, et je reste, ordinairement, à filer, après qu'ils se sont mis au lit.

— Vous aimez donc à filer, et vous êtes bonne fileuse ? Moi aussi, et, si vous voulez, je resterai avec vous, jusqu'au jour, et nous filerons ensemble, et vous verrez comme je besogne !

— Je ne demande pas mieux, répondit Marianna.

Et elle donna à l'inconnue un rouet et une quenouille, et les voilà qui se mettent à filer, à qui mieux mieux. Mais l'inconnue était une étrange filandière ; elle filait, filait, filait, avec la rapidité d'une machine à vapeur, et Marianna n'avait pas terminé sa première quenouille, que l'autre en était déjà à sa douzième. Cela lui parut extraordinaire, et elle examina attentivement sa compagne et vit qu'elle était vieille, très vieille, avec une figure singulière, qui lui donna, en un instant, le frisson. Mais, comme elle abattait de la besogne, elle ne dit rien. Au train dont elles y allaient, la provision de filasse fut bientôt épuisée et convertie en belles bobines de fil fin.

— Que ferons-nous à présent ? demanda alors l'inconnue.

— Eh bien ! répondit Marianna, désireuse de profiter de la bonne volonté d'une si bonne fileuse, si vous voulez, à présent, nous laverons notre fil et nous ferons la buée, à l'eau chaude, pour le blanchir.

— Je veux bien, répondit l'autre ; lavons notre fil et faisons la buée, à l'eau chaude.

Et comme il faisait un beau clair de lune, elles allèrent au douet avec leur fil, le lavèrent, le battirent à grands coups de battoirs, qui faisaient retentir le vallon, puis le rapportèrent à la maison, pour commencer la buée. Elles firent un grand feu, au foyer, placèrent dessus une grande marmite, puis, prenant chacune un pot de terre, elles allèrent prendre de l'eau à la fontaine, pour la remplir.

Le mari de Marianna finit par se réveiller, en entendant tout ce remue-ménage, et il vit l'inconnue vider son pot dans la marmite ; puis elle vint à son lit, et le regarda avec des yeux qui ressemblaient à deux charbons ardents. Il en eut si grand-peur, qu'il se cacha la tête sous les draps, et n'osa rien dire. L'inconnue retourna à la fontaine, avec son pot. Au moment où elle sortait, Marianna rentrait, et son mari l'ayant reconnue, à quelques mots qu'elle prononça, il sortit sa tête de dessous les draps, et voyant sa femme seule dans la maison, il sauta hors de son lit, courut à elle et lui dit :

— Malheureuse ! tu ne vois donc pas que c'est une lavandière de nuit que tu as introduite dans notre maison, et que cette femme ne vient pas de la part de Dieu, mais de la part du diable ! Fermons d'abord la porte, pour qu'elle ne rentre pas ici, puis changeons de place ou renversons tout ce qu'elle a touché.

Et ils jetèrent à l'autre bout de la maison le rouet et la quenouille dont s'était servie la lavandière de nuit, et renversèrent la marmite et en répandirent l'eau sur le feu.

La lavandière de nuit revint, sans tarder, et trouvant la porte fermée, elle frappa à la porte :

— Ouvrez-moi, ma commère ; j'apporte mon pot rempli d'eau ; pourquoi donc avez-vous fermé votre porte ?

— Ne réponds pas, dit l'homme à Marianna ; pas un mot !

Et la lavandière de nuit reprit plus haut :

— Ouvrez-moi donc, ma commère !

Et comme on ne lui répondait pas, elle dit :

— Ouvre-moi, rouet, toi avec qui j'ai filé.

— Je ne peux pas, répondit le rouet ; l'on m'a renversé et jeté au bas de la maison.

— Ouvre-moi, alors, quenouille avec qui j'ai filé, reprit la sorcière (car elle était aussi sorcière).

— Je ne puis pas, répondit la quenouille ; je suis gisante à terre, à côté du rouet.

— Ouvre-moi, reprit la sorcière, toi marmite que j'ai mise sur le feu et remplie d'eau.

— Je ne puis pas, répondit la marmite ; l'on m'a aussi renversée et jetée sur l'aire de la maison.

— Ouvre-moi, toi eau que j'ai versée dans la marmite.

— Je ne puis pas, répondit l'eau ; on m'a répandue sur le feu.

— Ouvrez-moi, vous, tisons, que j'ai allumés au foyer.

— Nous ne pouvons pas, répondirent aussi les tisons ; l'on a répandu sur nous l'eau de la marmite et nous n'avons plus qu'un reste de vie qui va aussi s'éteindre.

La sorcière, alors, poussa un cri terrible et dit :

— Tu as de la chance de trouver plus sage que toi pour te conseiller, car autrement, on t'aurait trouvée, au point du jour, cuite, dans ta marmite, avec ton fil !...

Et elle s'en alla.

Et, à partir de ce jour, Marianna Kerbernez ne s'attarda plus à filer, la nuit, et se coucha à une heure convenable, comme tout le monde doit le faire.

Conté par François Thépaut,
à Plouared, 1890.

(Bulletin de la Société Archéologique du Finistère, année 1894)

TABLE DES MATIÈRES

Gwazig qui alla au paradis et qui trompa la mort… 9
Le géant Goulaffre 15
Le filleul de la Sainte-Vierge 33
Les deux fils du pêcheur 45
Le meunier et son seigneur 53
La Princesse du Soleil 61
Kadiou le tailleur 79
Payer le tribut à César 91
Yannig aux deux sous 105
Les trois paroles ou le diable dupé 119
Le Prince Blanc 133
Mao Kergareg ou le pacte avec le diable 155
L'héritage des enfants de Herve Keravel 169
Le mauvais fils 179
La princesse enchantée 185
C'est la faute d'Adam ! 189
Le géant Calabardin et la Princesse aux Cheveux d'Or 193
Les deux capucins ou la destinée 207
Histoire de revenant 213
La lavandière de la nuit 217

Achevé d'imprimer
au mois de juillet 1994
par Cloître, imprimeurs à 29800 Saint-Thonan

Dépôt légal
troisième trimestre 1994
N° 384

AN HERE
Straed Gay-Lussac
Kergleuz
29480 AR RELEG-KERHUON

HOR YEZH &
MOULADURIOÙ HOR YEZH
1 plasenn Charles-Péguy
29260 LESNEVEN